杜詩句法舉隅

朱任生著

中華書局印行

例言

一、杜詩周情孔思，海涵地負，奄有古今之長。學者能識國風騷人之旨，然後知子美用意處；識漢魏詩，然後知子美遣詞處。故讀杜詩者，當求之於精神氣體之間，始能窺其雄奇偉壯之致，沉鬱頓挫之妙。若祇於韻味風格觀之，自無以識其深純宏遠也。

二、子美讀破萬卷，下筆有神。昔人謂子美長於學，太白長於才，洵爲篤論。惟其長於學，故格律森嚴，最精句法，而子美亦有「語不驚人死不休」之句。今觀其集中，如「遣詞必中律。」「覓句新知律。」「晚節漸於詩律細。」「佳句法如何。」「詩律羣公問。」等語，足見此老對於句律之講求。是以學者，必須先探其鑄詞之精妙，而後乃識其篇章之美善也。

三、當今詩學衰微，士子科目繁多，精力分散，已不能專注於詩。是以根柢淺薄，領悟不深。講授之方，不得不先由淺易，以次漸進於深微。任生濫竽上庠，主講杜詩，略知甘苦。爰就杜公詩句，別擇分類，輯爲專册，以便諸生參證比析，進而啓導性靈，知循軌度，於初學或不無小補。

四、一篇之中，必須有警策之句，始能動人心魄。唐代以詩鳴者甚衆。往往因一篇之善，一句之工，名公先達，爲之游談延譽，遂至聲問四馳。如「曲終人不見，江上數峰青」錢起以是得名；「故國三千里，深宮二十年」，張祜以是得名；「微雲淡河漢，疏雨滴梧桐」孟浩然以是得名；「兵衞森畫戟，燕寢凝清香。」韋應物以是得名。「鳥宿池邊樹，僧敲月下門」賈島以是得名。然縱觀各人集中，平凡處甚多，豈皆句句如是。由此可見人以詩傳，賴有佳句。蓋全篇雖善，難於悉記；而一二勝語偉詞，易於記誦，故能流傳及遠也。

五、自宋人論詩，始有「字眼」之說。所謂「眼」者，句中精要之字也。陳無已曰：學詩之要，在乎立格、命意、用字而已。嚴滄浪曰：詩用工有三：曰起結、曰句法、曰字眼。足證古人學詩、於造句、用字之重視。杜詩對句用字，固極高妙，人所共知。即其單句用字，亦復精審邃密，而又變化多端，令人無從想象。本編所錄，於對句則摘其相似者，分類比列，以資互證，而辨其異同；於單句則擇其屢用之字，各自彙列，以便比較，而知其變化。此外尚有少數罕用之字，而極生新穩恰者，亦擇尤摘錄，以資啓發。

六、鍊字之法，當以意勝，而不以字勝。以意勝，故能平字見奇，常字見險，陳字見新，朴字見色。杜公用字之法，大抵如此。又詩用倒字、倒句，乃覺勁健。杜公亦偶有之。足資取法。

七、工部詩不拘一格，在山林則山林，在廊廟則廊廟，遇巧則巧，遇拙則拙，遇奇則奇，遇俗則俗。或放或收，或新或舊。一切事，一切物，一切意，無非詩者。是以狀景抒情，無施不善。其曰「吟多意有餘。」又曰「詩盡人間興。」誠爲自得之言。茲分類彙錄其警句，以見一斑。

八、杜詩中偶有拙句、累句、讀者不必曲爲之護。正使瑕瑜不掩，亦是大家。昔黃山谷謂「子美夔州以後詩，不煩繩削而自合。」而朱子則謂「杜甫夔以前詩佳，夔以後詩、自出規模，不可學。」又曰：「杜詩初年甚精細，晚年橫逸不可當，只當意處便押一箇韻。人多說杜子美夔詩好，此不可曉。魯直一時固自有所見，今人只見魯直說好，便却說好，如矮人看戲耳。」黃與朱所見不同，學者善自別擇可也。

九、詩人玉屑所載，詩體名目繁多。如「拗句」、「借對」、「扇對」、「偷春格」、「五平五仄體」等，杜集中亦有之。惟除「拗句」外，其餘均較少見。茲分別摘出，以明體式。

十、杜公用韻，皆係常用之字。而生新穩恰，創始之處甚多。茲擇其屢用之字，分別平仄，列舉若干。其重韻而義不同者，亦附於後，以資參證。

十一、鍾嶸詩品曰：「經國文符、應資博古；撰德駁奏，宜窮往烈。至於吟咏情性，亦何貴於用事。」「思君如流水」，既是卽目；「高臺多悲風」，亦惟所見；「清晨登隴首」，羌無故事；「明月照積雪」，詎出經史。觀古今勝語，多非補假，皆由直尋。

是詩固不以用事爲高也。自「顏延謝莊，尤爲繁密」，篇章遂以故事相夸。工部集中，亦可概見。黃山谷曰：杜詩韓文，無一字無來處。又曰：「子美無意用事，眞意至而事自至耳。」此誠篤論。蓋子美博極羣書，左右逢原。初非有意蒐尋故事，以炫淵博。乃由神來意至，故不覺百家諸子之言，皆爲吾所用耳。陸放翁曰：「今人解杜詩，但尋出處。不知少陵之意，初不如是。且如岳陽樓詩，豈可以出處求哉，縱使字字尋得出處，少陵之意益遠矣。」此論甚確。學者應深味放翁之說，而又能識少陵用事之妙，斯無差矣。玆摘錄少陵用事詩句若干則，分爲四類：一曰融化。用其事而隱其語，或用其意，而易其詞，乍讀之，渾然不覺，似非用事。如水中着鹽，飲水乃知鹽味，是也。二曰精切。精妙貼切，不可移易。三曰代敍。以運典代敍事，故簡而能透。杜詩中此類語句甚多。無不鑪錘驅駕，出於自然。四曰翻用。反其意而用之，彌見新穎。此類詩句較少。

十二、東坡譏文選編次無法，去取失當。自屬確論。然集中秦漢魏晉奇麗之文盡在，所失雖多，所得不少。安可以昭明去取一失而忽之。唐時有文選學。故老杜亦喜文選。如「熟精文選理。」「續兒讀文選」是也。朱子曰：「李杜韓柳、初亦皆學選詩者。然杜韓變多，而李柳變少。又曰：子美詩好者，亦多是效選詩，漸放手。夔州諸詩，則不然也。」由此可知老杜得力於文選者不少。故亦勉其子須精選理也。士子學詩。非博覽無以廣其趣，非專攻無以致其精，而於文選，尤應加之意焉。

十三、唐宋以來，評論杜詩之作，更僕難數。茲擇其與本編各類有關者，摘錄於各該類之後，以便參考。

杜詩句法舉隅目錄

肆、用　事

壹、鍊　字

一、字眼範例

第　一　字

經心石鏡月，到面雪山風。（春日江村五首）

過懶從衣結，頻遊任履穿。（春日江村五首）

第　二　字

爽攜卑濕地，聲拔洞庭湖。（北風）

影靜千官裏，心蘇七校前。（喜達行在所三首）

水生魚復浦，雲暖麝香山。（入宅三首）

雨抛金鎖甲，苔臥綠沉槍。（重過何氏五首）

竹送清溪月，苔移玉座春。（謁先主廟）

天欲今朝雨，山歸萬古春。（上白帝城二首）

窄轉深嗁狖，虛隨亂浴鳧。（大曆三年，白帝城放船出瞿唐峽久居夔府將適江陵，漂泊有詩凡四十韻）

九鑽巴噀火，三蟄楚祠雷。（秋日荊南述懷三十韻）

紅稠屋角花，碧委牆頭草。（雨過蘇端）

明涵客衣淨，細蕩林影趣。（太平寺泉眼）

氣劘屈宋壘，目短曹劉牆。（壯遊）

第三字

（一）第二三係聯緜字者

山河扶繡戶，日月近雕梁。（冬日洛城北，謁玄元皇帝廟）

風塵淹別日，江漢失清秋。（第五弟豐，獨在江左，近三四年寂無消息，覓使寄此二首）

鼓角愁荒塞，星河落曙一作曉山。（將曉二首）

社稷纏妖氣，干戈送老儒。（舟中出江陵南浦，奉寄鄭少尹審）

戈鋋開霽色，弓矢向秋毫。（嘉聞官軍已臨賊境二十韻）

風塵纏地脈，冰雪曜天衢。（大曆三年春，白帝城放船，出瞿唐峽，久居夔府。將適江陵，漂泊有詩，凡四十韻）

桑麻深雨露，燕雀半生成。（屏跡三首）

霄漢愁高鳥，泥沙困老龍。（巴西驛亭觀江漲，呈竇十五使君）

蛟龍纏倚劍，鸞鳳夾吹簫。（哭王彭州掄）

魚龍廻夜水，星月動秋山。（草閣）

烟霜淒野日，秔稻熟天風。（自瀼西荆扉，且移居東屯茅屋四首）

樽罍臨極浦，鳧雁宿張燈。（贈特進汝陽王二十韻）

鬱紆騰秀氣，蕭瑟浸寒空。（天池）

（二）第四五係聯緜字者

浮雲連海岱，平野入青徐。（登兗州城樓）

露菊斑豐鎬，秋菰影澗瀍。（秋日夔府詠懷，奉寄鄭監審李賓客之芳一百韻）

漲沙霾草樹，舞雪渡江湖。（纜船苦風，戲題四韻，奉簡鄭十三判官）

寒風疏草木，旭日散雞豚。（刈稻了詠懷）

（三）狀景物者

喬木澄稀影，輕雲倚細根。（東屯月夜）

凍泉倚細石，晴雪落長松。（謁眞諦寺禪師）

寒沙蒙薄霧，落月去清波。（將曉二首）

古城疏落木，荒戍密寒雲。（南極）

荆扉深蔓草，土銼冷疏烟。（聞斛斯六官未歸）

石亂上雲氣，杉清延月華。（柴門）

崩石欹山樹，清漣曳水衣。（重題鄭氏東亭）

夕陽薰細草，江色映疏簾。（晚晴）

和風引桂楫，春日漲雲岑。（過津口）

寒冰爭倚薄，雲月遞微明。（宿青草湖）

高峰寒一作初上日，疊嶺宿霾雲。（曉望）

落霞沉綠綺，殘月壞金樞。（大歷三年春，白帝城放船，出瞿唐峽，久居夔府，將適江陵，漂泊有詩，凡四十韻）

落日邀雙鳥，晴天養一作卷片雲。（秦州雜詩）

春色浮山外，天河宿一作沒殿陰。（望牛頭寺）

雲嶂寬江北，春耕破瀼西。（卜居）

雲氣生虛壁，江聲走白沙。（禹廟）

岸風翻夕浪，舟雪灑寒燈。（泊岳陽城下）

江雲飄素練，石壁斷空青。（不離西閣二首）

江蓮搖白羽，天棘蔓青絲。（巳上人茅齋）

圓荷浮小葉，細麥落輕花。（爲農）

青雲羞葉密，白雪避花繁。（甘園）

白波吹粉壁，青嶂插雕梁。（奉觀嚴鄭公廳事岷山沱江畫圖十韻得忘字）

幽花欹滿樹，細水曲通池。（過南鄰朱山人水亭）

渚花張素錦，汀草亂青袍。（渡江）

竹光團野色，舍影漾江流。（屏跡三首）

玉樽移晚興，桂楫帶酣歌。（暮春陪李尚書李中丞過鄭監湖亭，泛江，得過字）

春草封歸恨，源花費獨尋。（風疾，舟中伏枕，書懷三十六韻，奉呈湖南親友）

兩章對秋月，一字偕華星。（同元使君舂陵行）

捫蘿澀先登，涉巘眩反顧。（春日江村）

（四）含動物者

晴泥隨燕嘴，花蕊一作粉上蜂鬚。（徐步）

風蝶勤依槳，春鷗懶避船。（行次古城店泛江作，不揆鄙拙，奉呈江陵幕府諸公）

潛鱗輸駭浪，歸翼會高風。（秋野五首）

紫鱗衝岸躍，蒼隼護巢歸。（重題鄭氏東亭）

嶺雁隨毫末，川蜺飲練光。（奉觀嚴鄭公廳事岷山沱江畫圖十韻，得忘字）
礀渦深沒馬，藤蔓曲藏蛇。（陪鄭廣文遊何將軍山林十首）
寒魚依密藻，宿雁聚圓沙。（草堂即事）
流年疲蟋蟀，體物幸鷦鷯。（奉贈盧五丈參謀琚）

（五）涉人事者

老人憂几杖，甲子混泥塗。（贈韋左丞丈濟）
弟子貧原憲，諸生老服虔。（寄岳州賈司馬六丈，嚴八使君兩閣老，五十韻）
衞幕銜恩重，潘輿送喜頻。（奉和陽城郡王太夫人恩命加贈鄧國太夫人）

第四字

感時花濺淚，恨別鳥驚心。（春望）
江虹明遠飲，峽雨落餘飛。（晚晴）
破柑霜落爪，嘗稻雪翻匙。（孟冬）
舊摘人頻異，輕香酒暫隨。（雲安九日，鄭十八攜酒陪諸公宴）

第五字

吳楚東南坼，乾坤日夜浮。（登岳陽樓）

兩行秦樹直，萬點蜀山尖。（送張十二參軍赴蜀洲，因呈楊五侍郎）

國破山河在，城春草木深。（春望）

烟花山際重，舟楫浪前輕。（泛江送客）

退朝花底散，歸院柳邊迷。（晚出左掖）

高城秋自落，雜樹晚相迷。（晚秋陪嚴鄭公摩訶池泛舟得溪字）

爽氣金天豁，清談玉露繁。（贈虞十五司馬）

薄雲巖際宿，孤月浪中翻。（宿江邊閣）

風起春燈亂，江鳴夜雨懸。（船下夔州郭宿，雨濕不得上岸別王十二判官）

宵旰憂虞軫，黎元疾苦駢。（秋日夔府詠懷，奉寄鄭監審李賓客之芳一百韻）

抱葉寒蟬靜，歸山獨鳥遲。（秦州雜詩）

草黃騏驥病，沙晚鶺鴒寒。（第五弟豐獨在江左，近三四年，寂無消息，覓使寄此二首）

牛羊歸徑險，鳥雀聚枝深。（暝）

杖策門闌邃，肩輿羽翮低。（水宿遣興，奉呈羣公）

數篇吟可老，一字買堪貧。（贈張十二彪）

第一字及第三字

盪胸生曾雲，決眥入滄海。（望嶽）

含星動雙闕，伴月落邊城。（天河）

拂雲霾楚氣，朝海蹴吳天。（秋日夔府詠懷，奉寄鄭監審李賓客之芳一百韻）

隨風潛入夜，潤物細無聲。（春夜喜雨）

亂雲低薄暮，急雪舞廻風。（對雪）

仰蜂粘落絮，行蟻上枯梨。（獨酌）

細動迎風燕，輕搖逐浪鷗。（江漲）

震雷翻幕燕，驟雨落河魚。（對雨書懷，走邀許主薄）

護江蟠古木，迎櫂舞神鴉。（過洞庭湖）

第二三兩字

月明垂葉露，雲逐度溪風。（秦州雜詩）

野涼侵閉戶，江滿帶維舟。（夜雨）

翠深開斷壁，紅遠結飛樓。（曉望白帝城鹽山）

氣沉全浦暗，輪仄半樓明。（八月十五夜月二首）

沙晚低風蝶，天晴喜浴凫。（江亭送眉州辛別駕昇之，得蕪字）

曲留明怨惜，夢盡失歡娛。（大曆三年春，白帝城放船，出瞿唐峽，久居夔府，將適江陵，漂泊有詩，凡四十韻）

力侔分社稷，志屈偃經論。（謁先主廟）

第二字及第四字

地平江動蜀，天闊樹浮秦。（奉和嚴中丞西城晚眺十韻）

山虛風落石，樓靜月侵門。（西閣夜）

綠垂風折筍，紅綻雨肥梅。（陪鄭廣文遊何將軍山林十首）

鼉吼風奔浪，魚跳日映山。（暫如臨邑，至㟙山湖亭，奉懷李員外，率爾成興）

花妥鶯捎蝶，溪喧獺趁魚。（重遊何氏五首）

柱穿蜂溜蜜，棧缺燕添巢。（陪諸公上白帝城頭一作樓，宴越公堂之作）

稍知花改岸，始驗鳥隨舟。（陪王使君晦日泛江，就黃家亭子二首）

第二字及第五字

星垂平野闊，月湧大江流。（旅夜書懷）

星臨萬戶動，月傍九霄多。（春宿左省）

山帶烏蠻濶，江連白帝深。（渝州候嚴六侍御不到，先下峽）

色借瀟湘濶，聲驅灩澦深一作沉。（長江二首）

天高雲去盡，江迥月來遲。（觀作橋成，月夜舟中有述，還呈李司馬）

峽束滄江起，巖排古樹圓。（秋日夔府詠懷奉寄鄭監審李賓客之芳一百韻）

地坼江帆隱，天淸木葉聞。（曉望）

松悲天水冷，沙亂雪山淸。（奉送郭中丞兼充太僕卿隴右節度使三十韻）

草肥蕃馬健，雪重拂廬乾。（送楊六判官使西番）

全吼霜鐘徹，花催蠟炬銷。（西閣三度期大昌嚴明府同宿，不到）

紅入桃花嫩，青歸柳葉新。（奉酬李都督表丈早春作）

稍通綃幕霽，遠帶玉繩低。（夜宿西閣，呈元二十一曹長）

身輕一鳥過，槍急萬人呼。（送蔡希魯一作曾都尉還隴右，因寄高三十五書記）

雲晴鷗更舞，風逆雁無行。（冬晚送長孫漸舍人歸州）

風輕粉蝶喜，花暖蜜蜂喧。（敝廬遣興，奉寄嚴公）

燕外晴絲卷，鷗邊水葉開。（春日江村五首）

第三字及第五字

飛星過水白，落月動沙虛。（中宵）

雪嶺界天白，錦城曛日黃。（懷錦水居止二首）

遠水兼天淨，孤城隱霧深。（野望）

峽雲籠樹小，湖日蕩一作落船明。（送段功曹歸廣州）

暑雨留蒸濕，江風借夕涼。（遣悶）

樓角淩風迥，城陰帶水昏。（東樓）

遠鷗浮水靜，輕燕受風斜。（春歸）

七言

第一字

穿花蛺蝶深深見，點水蜻蜓款款飛。（曲江二首）

糝徑楊花鋪白氈，點谿荷葉疊青錢。（絕句漫興九首）

第四字

青春復隨冠冕入，紫禁正耐鶯花繞。（洗兵馬）

漁人網集澄潭下，賈客帆隨返照來。（野老）

疏燈自照孤帆宿，新月猶懸雙杵鳴。（夜）

秋水纔添一作深四五尺，野航恰受兩三人。（南鄰）

第五字

錦江春色來天地，玉壘浮雲變古今。（登樓）

江間波浪兼天湧，塞上風雲接地陰。（秋興八首）

朱簾繡柱圍黃鵠，錦纜牙檣起白鷗。（秋興八首）

織女機絲虛夜月，石鯨鱗甲動秋風。（秋興八首）

絕壁過雲開錦繡，疏松隔水奏笙簧。（七月一日題終明府水樓二首）

三峽樓臺淹日月，五溪衣服共雲山。（詠懷古跡五首）

書籤藥裹封蛛網，野店山橋送馬蹄。（將赴成都草堂，途中有作，先寄嚴鄭公五首）

數回細寫愁仍破，萬顆勻圓訝許同。（野人送朱櫻）

二儀清濁還高下，三伏炎蒸定有無。（又作此奉衛王）

照室紅爐促曙光，縈窗素月垂文練。（冬末以事之東都，湖城東遇孟雲卿，復歸劉顥宅宿，宴飲散因爲醉歌）

第七字

落花遊絲白日靜，鳴鳩乳燕靑春深。（題省中院壁）

高江急峽雷霆鬬，古木蒼藤日月昏。（白帝）

楓林橘樹丹青合，複道重樓錦繡懸。（夔州歌十絕句）

紫氣臨關天地濶，黃金臺貯俊賢多。（承聞河北諸道節度入朝，歡喜口號絕句十二首）

第二字及第五字

雲斷嶽蓮臨大路，天晴一作清宮柳暗長春。（題鄭縣亭子）

山連越巂蟠三蜀，水散巴蠻下五溪。（野望）

魚吹細浪搖歌扇，燕蹴飛花落舞筵。（城西陂泛舟）

路經灩澦雙蓬鬢，天入滄浪一釣舟。（將赴荆南，寄別李劍州）

北走關山開雨雪，南遊花柳塞雲烟。（贈韋七贊善）

波漂菰米沉雲黑，露冷蓮房墜粉紅。（秋興八首）

第二字及第七字

香飄合殿春風轉，花覆千官淑景移。（紫宸殿退朝口號）

風飄律呂相和切，月傍關山幾處明。（吹笛）

忽驚屋裏琴書冷，復亂簷前星宿稀。（見螢火）

第三字及第五字

返照入江翻石壁，歸雲擁樹失山村。（返照）
榿林礙葉吟風葉，籠竹和烟滴露梢。（堂成）
岸容待臘將舒柳，山意衝寒欲放梅。（小至）

第三字及第七字

林花著雨燕支濕，水荇牽風翠帶長。（曲江對雨）
石出倒聽楓葉下，櫓搖背指菊花開。（送李八秘書赴杜相公幕）

第四字及第七字

旌旗日暖龍蛇動，宮殿風微燕雀高。（奉和賈至舍人早朝大明宮）
峽坼雲霾龍虎臥，江清日抱黿鼉遊。（白帝城最高樓）
黃牛峽靜灘聲轉，白馬江寒樹影稀。（送韓十四江東省覲）
藍水遠從千澗落，玉山高並兩峰寒。（九日藍田崔氏莊）
雲連氣接巫峽長，月出寒通雪山白。（古柏行）

疊字

無邊落木蕭蕭下，不盡長江滾滾來。（登高）

穿花蛺蝶深深見，點水蜻蜓款款飛。（曲江二首）

風含翠篠娟娟細，雨裛紅蕖冉冉香。（狂夫）

碧窗宿霧濛濛濕，朱栱浮雲細細輕。（江陵節度使陽城郡王新樓成，王請嚴侍御判官賦七字句，同作）

小院廻廊春寂寂，浴鳧飛鷺晚悠悠。（涪城縣香積寺官閣）

客子入門月皎皎，誰家擣練聲淒淒。（暮歸）

江天漠漠鳥雙去，風雨時時龍一吟。（灩澦）

雲石熒熒高葉曙，風江颯颯亂帆秋。（簡吳郎司法）

附錄

葉夢得曰：「深深」字若無「穿」字，「款款」字若無「點」字，亦無以見甚精微。然讀之渾然，全似未嘗用力，所以不礙氣格超勝。使晚唐爲之，便涉「魚躍練川拋玉尺，鶯穿絲柳織金梭」矣。

二、實字相對

容齋隨筆云：律詩用「自」字、「相」字、「共」字、「獨」字、「誰」字之類，皆是實字，及彼我所稱，當以爲對。故老杜未嘗不然。今列舉其句如後：

自字對相字

山花相映發，水鳥自孤飛。（送何侍御歸朝）
徑石相縈帶，川雲自去留。（遊修覺寺）
雲裏相呼疾，沙邊自宿稀。（歸雁二首）
勝地初相引，徐行得自娛。（陪李金吾花下飲）
百鳥各相命，孤雲無自心。（西閣二首）
行李須相問，窮愁且自寬。（重簡王明府）
猿挂時相學，鷗行炯自如。（瀼西寒堂）
輕箑煩一作須相向，纖絺恐自疑。（雨）
高城秋自落，雜樹晚相迷。（晚秋陪嚴鄭公摩訶池泛舟得溪字）
衰顏聊自哂，小吏最相輕。（久客）
暗飛螢自照，水宿鳥相呼。（倦夜）
自吟詩送老，相勸酒開顏。（宴王使君宅題二首）
此時對雪還相憶，送客迎春可自由。（和裴廸登蜀州東亭送客，逢早梅見寄）
俱飛蛺蝶元相逐，並蒂芙蓉本自雙。（進艇）
江外三峽此相接，斗酒新詩終自疏。（寄岑嘉州）
梅花欲開不自覺，棣蕚一別永相望。（至後）

自去自來梁上燕，相親相近水中鷗。（江村）

自字對誰字

自須開竹徑，誰道避雲蘿。（秋日寄題鄭監湖上亭三首）

自笑燈前舞，誰憐醉後歌。（陪鄭廣文遊何將軍山林十首）

死去憑誰報，歸來始自憐。（喜達行在所三首）

同調嗟誰惜，論文笑自知。（贈畢四曜）

離別人誰在，經過老自休。（懷灞上遊）

書亂誰能帙，杯乾自可添。（晚晴）

雕刻初誰料，纖毫欲自矜。（寄峽州劉伯華使君四十韻）

消中祇自惜，晚起索誰親。（贈王二十四侍御契四十韻）

哀歌時自惜，醉舞爲誰醒。（暮春題瀼西新賃草屋五首）

永夜角聲悲自語，中天月色好誰看。（宿府）

獨字對相字

野人時獨往，雲木曉相參。（朝二首）

江上形容吾獨老，天涯風俗自相親。（冬至）

共字對相字

正月蜂相見，非時鳥共聞。（南楚）
縱酒久判人共棄，懶朝眞與世相違。（曲江對酒）
此日此時人共得，一談一笑俗相看。（人日二首）

三、活字相對

活字相對者：如「連」字對「帶」字、「迎」字對「護」字：

連字對帶字

旁舍連高竹，疏籬帶晚花。（陪鄭廣文遊何將軍山林十首）
隔沼連香芰，通林帶女蘿。（佐還山後，寄三首）
客愁連蟋蟀，亭古帶蒹葭。（官亭夕坐，戲簡顏少府）
（顧宸曰：用一連字，倍增客情悽切，用一帶字，愈覺亭畔蒼涼）
山帶烏蠻濶，江連白帝深。（渝州候嚴六侍御不到先下峽）

迎字對護字

犬迎曾宿客，鴉護著巢兒。（重遊何氏五首）
護堤蟠古木，迎櫂舞神鴉。（過洞庭湖）

四、疊　字

五　言

在第一、二兩字者

急急能鳴雁，輕輕不下鷗。（白帝城樓）
湛湛長江去，冥冥細雨來。（梅雨）
寂寂春將晚，欣欣物自私。（江亭）
寂寂夏先晚，冷冷風有餘。（寄李十四員外布十二韻）
稍稍烟集渚，微微風動襟。（送嚴侍郎到綿州，同登杜使君江樓宴，得心字）
片片水上雲，蕭蕭沙中雨。（雨二首）
落落出岫雲，渾渾倚天石。（雨二首）
眇眇春風見，蕭蕭夜色凄。（子規）
沈沈春色靜，慘慘暮寒多。（暮寒）
蕭蕭古塞冷，漠漠秋雲低。（秦州雜詩二十首）
蕭蕭見白日，洶洶開奔端。（營屋）

淅淅風生砌，團團日隱牆。（薄遊）

霏霏雲氣重，閃閃浪花翻。（望兜率寺）

納納乾坤大，行行郡國遙。（野望）

鬱鬱冬炎瘴，濛濛雨滯淫。（風疾舟中伏枕，書懷三十六韻，奉呈湖南親友）

鬱鬱星辰劍，蒼蒼雲雨池。（偶題）

肅肅花絮晚，菲菲紅素輕。（春遊）

冉冉柳絲碧，娟娟花蘂紅。（奉答岑參補闕見贈）

苒苒谷中寺，娟娟林表風。（惠義寺送王少尹赴成都）

萋萋露草碧，片片晚旗紅。（陪鄭公秋晚北池臨眺）

練練峯上雪，纖纖雲表霓。（泛溪）

盈盈當雪杏，艷艷待春梅。（早花）

藹藹花蕊亂，飛飛蜂蝶多。（絕句五首）

闇闇書籍滿，輕輕花絮飛。（宴胡侍御書堂）

處處鄰家笛，飄飄客子蓬。（奉漢中王手札報韋侍御蕭尊師亡）

家家迎薊子，處處識壺公。（寄司馬山人十二韻）

咄咄寧書字，冥冥欲避矰。（寄峽州劉伯華使君四十韻）

年年非故物，處處是窮途。（地隅）

人人傷白首，處處接金杯。（發白馬潭）

嶷嶷瑚璉器，陰陰桃李蹊。（水宿遣興，奉呈羣公）

歷歷竟誰種，悠悠何處圓。（江邊星月二首）

雙雙瞻客上，一一背人飛。（歸雁二首）

迴迴偃飛蓋，熠熠迸流星。（揚旗）

微微向日薄，脈脈去人遙。（又雪）

時時開暗室，故故滿青天。（月三首）

處處逢正月，迢迢滯遠方。（元日示宗武）

處處喧飛檄，家家急競錐。（夔府書懷四十韻）

遲遲戀屈宋，渺渺臥荊衡。（送覃二判官）

悠悠照邊塞，悄悄憶京華。（季秋蘇五弟纓江樓夜宴崔十三評事韋少府姪三首）

悠悠委薄俗，鬱鬱廻剛腸。（入衡州）

悠悠回赤壁，浩浩略蒼梧。（過南嶽入洞庭湖）

漠漠舊京遠，行行歸路賒。（入喬口）

翳翳月沈霧，輝輝星近樓。（不寐）

颯颯開啼眼，朝朝上水樓。（得舍弟觀書自中都已達江陵賦詩即事）

紛紛乘白馬，攘攘著黃巾。（遣憂）

枝枝總到地，葉葉自開春。（柳邊）

熒熒金錯刀，擢擢朱絲繩。（椶拂子）

戚戚去故里，悠悠赴交河。（前出塞九首）

區區甘累趼，稍稍息勞筋。（贈王二十四侍御契四十韻）

回回山根水，冉冉松上雨。（法鏡寺）

潺潺石間溜，汩汩松上駛。（雨）

汯汯逆素浪，落落展清眺。（次空靈岸）

飅飅林響交，慘慘石狀變。（積草嶺）

芊芊炯翠羽，剡剡生銀漢。（行官張望補稻畦水歸）

鏘鏘鳴玉動，落落羣松直。（殿中楊監見示張旭草書圖）

噭噭幽曠心，拳拳異平素。（遣憂）

冉冉自超競，行行見羈束。（寫懷二首）

在第三、四兩字者

野日荒荒白，春流泯泯清。（漫成二首）
江市戎戎暗，山雲淰淰寒。（放船）
花遠重重樹，雲輕處處山。（涪江泛舟，送韋班歸京，得山字）
村鼓時時急，漁舟箇箇輕。（屏跡三首）
隴草蕭蕭白，洮雲片片黃。（寄彭州高三十五使君適，虢州岑二十七長史參，三十韻）
簷影微微落，津流脈脈斜。（遣意二首）
砧響家家發，樵聲箇箇同。（秋野五首）
雨洗娟娟淨，風吹細細香。（嚴鄭公階下新松，得霑字）
吹帽時時落，維舟日日孤。（纜船苦風，戲題四韻，奉簡鄭十三判官）
鸂鶒雙雙舞，獼猴壘壘懸。（秋日夔府詠懷奉寄鄭監審李賓客之芳一百韻）
櫸柳枝枝弱，枇杷樹樹香。（田舍）

在第四、五兩字者

霽潭鱣發發，春草鹿呦呦。（題張氏隱居二首）
風吹花片片，春動水茫茫。（城上）
雲溪花淡淡，春郭水泠泠。（行次鹽亭縣，聊題四韻，奉簡嚴遂州蓬州兩使君咨議諸昆季）

地晴絲冉冉，江白草纖纖。（絕句五首）

汀烟輕冉冉，竹日淨暉暉。（寒食）

朔風鳴淅淅，寒雨下霏霏。（雨四首）

衆香深黯黯，幾地肅芊芊。（秋日夔府詠懷，奉寄鄭監審李賓客之芳一百韻）

入空才漠漠，灑迥已紛紛。（喜雨）

采花香泛泛，坐客醉紛紛。（九日五首）

縛柴門窄窄，通竹溜涓涓。（秋日夔府詠懷奉寄鄭監審李賓客之芳一百韻）

城烏嗁眇眇，野鷺宿娟娟。（舟月對驛近寺）

轉蓬憂悄悄，行樂病涔涔。（風疾舟中伏枕，書懷三十六韻，奉呈湖南親友）

相逢須衮衮，告別莫匆匆。（酬孟雲卿）

周防期稍稍，太簡遂忽忽。（遣悶奉呈嚴公二十韻）

別離憂怛怛，伏臘涕漣漣。（秋日夔府詠懷，奉寄鄭監審李賓客之芳一百韻）

兵戈塵漠漠，江漢月娟娟。（仝前）

竿濕烟漠漠，江永風蕭蕭。（桔柏渡）

披顏爭倩倩，逸足競駸駸。（風疾舟中伏枕，書懷三十六韻，奉呈湖南親友）

職司憂悄悄，郡國訴嗸嗸。（臨邑舍弟書至苦雨黃河泛濫隄防之患簿領所憂因寄此詩）

匣琴虛夜夜，手板自朝朝。（西閣三度期大昌嚴明府同宿，不到）

浮名尋已已，嬾計卻區區。（大歷三年春，白帝城放船，出瞿唐峽，久居夔府，將適江陵，漂伯有詩，凡四十韻）

獻芹則小小，薦藻明區區。（槐葉冷淘）

垂旒資穆穆，祝網但恢恢。（秋日荊南述懷二十韻）

兩家誠款款，中道許蒼蒼。（送大理封主簿五郎親事不合，卻赴通州，主簿前閬州賢子，余與主簿平章鄭氏女子，垂欲納采，鄭氏伯父京書至，女子已許他族，親事遂停）

孤舟增鬱鬱，僻路殊悄悄。（聶耒陽以僕阻水，書致酒肉，療飢荒江，詩得代懷，興盡本韻，至縣呈聶令）

汲井歲搰搰，出車日連連。（鹽井）

水清石礧礧，沙白灘漫漫。（白沙渡）

七言

在第一、二兩字者

短短桃花臨水岸，輕輕柳絮點人衣。（十二月一日三首）

落落盤踞雖得地，冥冥孤高多烈風。（古柏行）

杳杳東山攜妓去，泠泠脩竹待王歸。（戲作寄上演中王二首）

娟娟戲蝶過閒幔，片片輕鷗下急湍。（小寒食舟中作）
青青竹笋近船出，白白江魚入饌來。（送王十五判官扶侍還黔中，得開字）

在第三、四兩字者

山木蒼蒼落日曛，竹竿裊裊細泉分。（示獠奴阿段）
江天漠漠鳥雙去，風雨時時龍一吟。（灩澦）
可憐處處巢君室，何異飄飄託此身。（燕子來舟中作）
宮草霏霏承委佩，爐烟細細駐遊絲。（宣政殿退朝，晚出左掖）
雲石熒熒高葉曙，風江颯颯亂帆秋。（簡吳郎司法）
地靈步步雪山草，僧寶人人滄海珠。（岳麓山道林二寺行）
世亂鬱鬱久爲客，路難悠悠常傍人。（九日）
江風蕭蕭雲拂地，山木慘慘天欲雨。（發閬中）
泉源泠泠雜猿狖，泥濘漠漠飢鴻鵠。（久雨期王將軍不至）
歎我悽悽求友篇，感君鬱鬱匡時略。（追酬故高蜀州人日見寄）

在第五、六兩字者

穿花蛺蝶深深見，點水蜻蜓款款飛。（曲江二首）

無邊落木蕭蕭下，不盡長江滾滾來。（登高）

風含翠篠娟娟淨，雨裛紅蕖冉冉香。（狂夫）

碧窗宿霧濛濛溼，朱栱浮雲細細輕。（江陵節度陽城郡王新樓成，王請嚴侍御判官賦七字句，同作）

留連戲蝶時時舞，自在嬌鶯恰恰啼。（江畔獨步尋花七絕句）

繁枝容易紛紛落，嫩蘂商量細細開。（同前）

在第六、七兩字者

風吹客衣日杲杲，樹攪離思花冥冥。（醉歌行）

小院廻廊春寂寂，浴鳧飛鷺晚悠悠。（涪城縣香積寺官閣）

卻繞井欄添箇箇，偶經花蕊弄輝輝。（見螢火）

信宿漁人還泛泛，清秋燕子故飛飛。（秋興八首）

客子入門月皎皎，誰家搗練風淒淒。（暮歸）

附錄

葉夢得曰：詩下雙字極難。須五言、七言之間，除去三字，五字外，精神興致全見於兩言，方爲工妙。必如老杜「無邊落木蕭蕭下，不盡長江滾滾來」，「江天漠漠鳥雙去，風雨時時龍一吟」，等句，乃爲超絕。

范晞文曰：雙字用於五言，視七言爲難。蓋一聯十字耳，苟輕易放過，則何所取也。老杜雖不以此見工，然亦每加之意焉。觀其「納納乾坤大，行行郡國遙」，不用「納納」，則不足以見乾坤之大，不用「行行」則不足以見道路之遙。又「寂寂春將晚，欣欣物自私」，則一氣轉旋之妙，萬物生成之喜，盡於此矣。至若「汀烟輕冉冉，竹日淨暉暉。」「湛湛長江去，冥冥細雨來。」「野徑荒荒白，春流泯泯清。」「地晴絲冉冉，江碧草纖纖。」「急急能鳴雁，輕輕不下鷗。」「簷影微微落，津流脈脈斜。」「相逢雖衮衮，告別莫怱怱。」等句，俱不汎。若「霽潭鱣發發，春草鹿呦呦。」則全用詩語也。

楊愼曰：詩用疊字最難下，唯老杜用之獨工，如七律中所用之疊字，皆聲諧義恰，句句帶仙靈之氣，眞不可及矣。

申鳧盟曰：杜詩善用叠字，如「野日荒荒白，春流泯泯清。」及「江市戎戎暗，山雲淰淰寒」之類，皆非意想所及。

五、顏色字

五言

在第一字者

白日移歌袖，青霄近笛牀。（數陪李梓州泛江，有女樂在諸舫，戲爲豔曲二首贈李）

白日來深殿，青雲滿後塵。（寄李十二白二十韻）

白髮甘凋喪，青雲亦卷舒。（秋日荆南送石首薛明府辭滿告別，奉寄薛尚書頌德敍懷，斐然之作，三十韻）

白髮千莖雪，丹心一寸灰。（鄭駙馬池臺，喜遇鄭廣文同飲）

白頭遺恨在，青竹幾人登。（寄峽州劉伯華使君四十韻）

白頭供宴語，烏几伴棲遲。（移居公安，敬贈衞大郎鈞）
白頭無藉在，朱紱有哀憐。（送韋書記赴安西）
白魚困密網，黃鳥喧嘉音。（過津口）
白魚如切玉，朱橘不論錢。（峽隘）
白屋留孤樹，青天失萬艘。（臨邑舍弟書，至苦雨黃河泛溢，隄防之患，簿領所憂，因寄此詩，用寬其意）
白波吹粉壁，青嶂插雕梁。（奉觀嚴鄭公廳事岷山沱江畫圖十韻得忘字）
白花簷外朵，青柳檻前梢。（題新津北橋樓，得郊字）
白蔣風飇脆，殷檉曉夜稀。（傷秋）
白鹽危嶠北，赤甲古城東。（自瀼西荊扉且移居東屯茅屋四首）
白狗斜臨北，黃牛更在東。（獨坐二首）
紫燕時翻翼，黃鸝不露身。（柳邊）
紫燕同超詣，翠駮誰翦剔。（夜聽許十一損誦詩，愛而有作）
紫鱗衝岸躍，蒼隼護巢歸。（重題鄭氏東亭）
紫鸞無遠近，黃雀任翩翾。（秋日夔府詠懷奉寄鄭監審李賓客之芳一百韻）
紫收岷嶺芋，白種陸池蓮。（秋日夔府詠懷奉寄鄭監審李賓客之芳一百韻）
紫崖奔處黑，白鳥去邊明。（雨四首）

紫蔓扶千蕊，黃鬚照萬花。(花底)

紫誥猶兼綰，黃麻似六經。(贈翰林張四學士垍)

青惜峰巒過，黃知橘柚來。(放船)

青春猶無私，白日亦偏照。(次空靈岸)

青春動才調，白首缺輝光。(送大理封主簿五郎親事不合卻赴通州主簿前閬州賢子余與主簿平章鄭氏女子垂欲納采，鄭氏伯父京書至，女子已許他族，親事遂停)

青雲羞葉密，白雪避花繁。(甘園)

青松寒不落，碧海闊逾澄。(寄峽州劉伯華使君四十韻)

青蟲懸就日，朱果落封泥。(課小豎鋤斫舍北果林，枝蔓荒穢，淨訖移林，三首)

青女霜楓重，黃牛峽水喧。(東屯月夜)

青錢買野竹，白幘岸江皐。(北鄰)

青蒲甘受戮，白髮竟誰憐。(寄岳州賈司馬六丈，巴州嚴八使君兩閣老，五十韻)

青山澹無姿，白露誰能數。(雨二首)

翠深開斷壁，紅結結飛樓。(曉望白帝城鹽山)

翠乾危棧竹，紅膩小湖蓮。(寄岳州賈司馬六丈，巴州嚴八使君兩閣老五十韻)

翠柏深留景，紅梨迥得霜。(冬日洛城北謁玄元皇帝)

翠牙穿裹蔣，碧節吐寒蒲。（過南岳入洞庭湖）
翠屏宜晚對，白谷會深遊。（白帝城樓）
翠衿渾短盡，紅嘴漫多知。（鸚鵡）
翠華森遠矣，白首颯凄其。（夔府書懷四十韻）
翠虛捎魍魎，丹極上鯤鵬。（寄峽州劉伯華使君四十韻）
黃閣長司諫，丹墀有故人。（巴西聞收京闕，送班司馬入京二首）
黃雲高未動，白水已興波。（日暮）
黃卷眞如律，青袍也自公。（遣悶奉呈嚴公二十韻）
黃鸝度結構，紫鴿下罘罳。（大雲寺贊公房四首）
赤雀翻然至，黃龍不假媒。（秋日荊南述懷三十韻）
黃鵠翅垂雨，蒼鷹飢啄泥。（秦州雜詩）
紅入桃花嫩，青歸柳葉新。（奉酬李都督表丈早春作）
紅取風霜實，青看雨露柯。（梔子）
紅浸珊瑚短，青懸薜荔長。（觀李固請司馬弟山水圖三首）
紅稠屋角花，碧委牆隅草。（雨過蘇端）
赤日石林氣，青天江水流。（題元武禪師屋壁）

朱崖著毫髮，碧海吹衣裳。（又上後園山脚）
赤羽千夫膳，黃河十月氷。（故武衞將軍挽詞三首）
赤眉猶世亂，青眼只途窮。（巫峽敝廬奉贈侍御四舅別之澧朗）
丹桂風霜急，青梧日夜凋。（有感五首）
丹砂同隕石，翠羽共沉舟。（覆舟三首）
碧知湖外草，紅見海東雲。（晴二首）
碧溪搖艇闊，朱果爛枝繁。（園）
碧海眞難涉，靑雲不可梯。（奉贈太常張卿垍二十韻）
碧山晴又濕，白水雨偏多。（白水明府崔宅喜雨，得過字）
素琴將暇日，白首望霜天。（季秋江村）
素幭渡江遠，朱幡登陸微。（送盧十四弟侍御，護韋尙書靈櫬歸上都，三十四韻）
綠垂風折笋，紅綻雨肥梅。（陪鄭廣文遊何將軍山林十首）
綠樽須盡日，白髮好禁春。（奉陪鄭駙馬韋曲二首）
朱崖着毫髮，碧海吹衣裳。（又上後園山脚）
烏麻蒸續曬，丹橘露應嘗。（寄彭州高三十五使君適，虢州岑二十七長史參三十韻）

范晞文曰：老杜多欲以顏色字置第一字，卻引實字來，如「紅入桃花嫩，青歸柳葉新。」是也；不如此則語既弱而氣亦餒。他如「青惜峯巒過，紅知橘柚來。」「碧知湖外草，紅見海東雲。」「綠垂風折筍，紅綻雨肥梅。」「紅浸珊瑚短，青懸薜荔長。」「翠深開斷壁，紅遠結飛樓。」「翠乾危棧竹，紅膩小湖蓮。」「紫收岷嶺芋，白種陸池蓮。」皆如前體。若「白摧朽骨龍虎死，黑入太陰雷雨垂。」益壯而險矣。

在第二字者

重碧拈春酒，輕紅擘荔枝。（宴戎州楊使君東樓）

江碧鳥逾白，山青花欲然。（絕句二首）

霏紅洲蕊亂，拂黛石蘿長。（奉觀嚴鄭公廳事岷山沱江畫圖十韻得忘字）

在第三字者

林疏黃葉墜，野靜白鷗來。（朝二首）

北風黃葉下，南浦白頭吟。（憑孟倉曹將書覓土婁舊莊）

囀枝黃鳥近，泛渚白鷗輕。（遣意二首）

隔巢黃鳥並，翻藻白魚跳。（絕句五首）

高鳥黃雲暮，寒蟬碧樹秋。（晚秋長沙蔡五侍御飲筵，送殷六參軍歸澧州覲省）

漢使黃河遠，涼州白麥枯。（送蔡希魯都尉還隴右，因寄高三十五書記）
星落黃姑渚，秋辭白帝城。（季秋蘇五弟纓江樓夜宴崔十三評事韋少府姪三首）
卽出黃沙在，何須白髮侵。（贈裴南部）
虛思黃金貴，自笑青雲期。（奉送魏六丈佑少府之交廣）
舊採黃花賸，新梳白髮微。（九日諸人集於林）
動詢黃閣老，肯慮白登圍。（送盧十四弟侍御護韋尚書靈櫬歸上都二十四韻）
臺閣黃圖裏，簪裾紫蓋邊。（哭韋大夫之晉）
醉把青荷葉，狂遺白接䍦。（陪鄭廣文遊何將軍山林）
若無青嶂月，愁殺白頭人。（月三首）
山寒青兕叫，江晚白鷗饑。（雨四首）
雨急青楓暮，雲深黑水遙。（歸夢）
南極青山衆，西江白谷分。（南極）
六月青稻多，千畦碧泉亂。（行官張望補稻畦水歸）
訓諭青衿子，名慙白首郎。（元日示宗武）
宮殿青門隔，雲山紫邏深。（送賈閣老出汝州）
試吟青玉案，莫帶紫羅囊。（又示宗武）

百頃青雲杪，曾波白石中。（天池）
風斷青蒲節，霜埋翠竹根。（建都十二韻）
金刹青楓外，朱樓白水邊。（舟月對驛近寺）
西歷青羌坂，南留白帝城。（戲作俳諧體遣悶二首）
存想青龍秘，騎行白鹿馴。（寄張十二山人彪三十韻）
只益丹心苦，能添白髮明。（月）
戀闕丹心破，霑衣皓首嗁。（散愁二首）
交阯丹砂重，韶州白葛輕。（送段功曹歸廣州）
致君丹檻折，哭友白雲長。（聞高常侍亡）
鳳藏丹霄暮，龍去白水渾。（贈蜀僧閭丘師兄）
本無丹竈術，那免白頭翁。（陪章留後侍御宴南樓得風字）
入期朱邸雪。朝傍一作望紫微垣。（奉漢中王手札）
花動朱樓雪，城凝碧樹烟。（寄岳州賈司馬六丈巴州嚴八使君兩閣老五十韻）
勿矜朱門是，陋此白屋非。（甘林）
馬驕朱汗濕，胡舞白題斜。（秦州雜詩）
越女紅妝溼，燕姬翠黛愁。（陪諸貴公子丈八溝攜妓納涼，晚際遇雨二首）

羅襪紅蕖艷，金羈白雪毛。（千秋節有感二首）
日聞紅粟腐，寒待翠華春。（有感五首）
山帶烏蠻濶，江連白帝深。（渝州候嚴六侍御不到，先下峽）
憑久烏皮拆，簪稀白帽稜。（寄峽州劉伯華使君四十韻）
絕塞烏蠻北，孤城白帝邊。（秋日夔府詠懷，奉寄鄭監審李賓客之芳一百韻）
羣公蒼玉佩，天子翠雲裘。（更題）
水闊蒼梧野，天高白帝秋。（暮秋將歸秦，留別湖南幕府親友）
衫裛翠微潤，馬銜青草嘶。（自閬州領妻子，卻赴蜀山行三首）
如何碧雞使，把詔紫微天。（閬州奉送二十四舅使自京赴任青城）
雲隨白水落，風振紫山悲。（入日二首）
餞爾白頭日，永懷丹鳳城。（送覃二判官）
濤翻黑蛟躍，日出黃霧映。（早發）
星霜元鳥變，身世白駒催。（秋日荊南述懷三十韻）

在第四字者

志士惜白日，久客藉黃金。(上後園山脚)
傳燈無白日，布地有黃金。(望牛頭寺)
紛紛乘白馬，攘攘著黃巾。(遣憂)
相知成白首，此別間黃泉。(哭李尚書之芳)
江湖多白鳥，天地有青蠅。(寄峽州劉伯華使君四十韻)
卷簾惟白水，隱几亦青山。(悶)
築城依白帝，轉粟上青天。(西山三首)
賊壕連白翟，戰瓦落丹墀。(夔府書懷四十韻)
江蓮搖白羽，天棘蔓青絲。(巳上人茅齋)
狎鷗輕白浪，歸雁喜青天。(倚杖)
不堪代白羽，有足除蒼蠅。(椶拂子)
水鄉霾白屋，楓岸疊青岑。(風疾舟中伏枕，書懷三十六韻，奉呈湖南親友)
清秋凋碧柳，別浦落紅蕖。(贈李八秘書別三十韻)
經過凋碧柳，蕭瑟倚朱樓。(西閣二首)
解龜生碧草，諫獵阻青霄。(哭王彭州掄)
未成遊碧海，著處覓丹梯。(卜居)

傾都看黃屋，正殿引朱衣。（巴西聞收京闕，送班司馬入京二首）

閶闔開黃道，衣冠拜紫宸。（太歲日）

世事己黃髮，殘生隨白鷗。（去蜀）

悠悠囘赤壁，浩浩略蒼梧。（過南岳入洞庭湖）

奔峭背赤甲，斷崖當白鹽。（入宅三首）

放蹄知赤驥，捩翅服蒼鷹。（寄峽州劉伯華使君四十韻）

爲客裁烏帽，從兒具綠樽。（九日五首）

近髮看烏帽，催蓴煮白魚。（漢州王大錄事宅作）

家家養烏鬼，頓頓食黃魚。（戲作俳諧體遣悶，二首）

渚花張素錦，汀草亂青袍。（渡江）

衣裳垂素髮，門巷落丹楓。（秋峽）

宿陰繁素柰，過雨亂紅蕖。（寄李十四員外布十二韻）

扶病垂朱紱，歸休步紫苔。（春日江村五首）

掣帶看朱紱，開箱覩黑裘。（村雨）

條流數翠實，偃息歸碧濤。（阻雨不得歸瀼西甘林）

名園當翠巘，野棹沒青蘋。（贈王二十四侍御四十韻）

仳離放紅蕊，想像顰青蛾一作娥。（一百五日夜對月）

結束多紅粉，歡娛恨白頭。（陪王使君晦日泛江就黃家亭子二首）

蛟室圍青草，龍堆隱白沙。（過洞庭湖）

通籍踰青瑣，亭衢照紫泥。（奉贈太常張卿垍二十韻）

得食翻蒼竹，棲枝把翠梧。（別蘇徯）

名園依綠水，野竹上青霄。（陪鄭廣文遊何將軍山林十首）

敗亡非赤壁，奔走爲黃巾。（贈王二十四侍御契四十韻）

閣道通丹地，江潭隱白蘋。（奉送嚴公入朝十韻）

秋菰成黑米，精鑿傳白粲。（行官張望補稻畦水歸）

帳殿羅玄冕，轅門照白袍。（喜聞官軍已臨賊境二十韻）

在第五字者

髮少何勞白，顏衰更肯紅。（寄司馬山人十二韻）

鬢毛垂領白，花蕊亞枝紅。（上已日徐司錄林園宴集）

半頂梳頭白，過眉拄杖斑。（入宅三首）

別來頭併白，相見眼終青。（秦州見勅目薛三璩授司議郎，畢四曜除監察，與二子有故，遠喜遷官，兼述索居，凡三十韻）

樂極傷頭白，更長愛燭紅。（端午日賜衣）

我歎黑頭白，君看銀印青。（奉酬薛十二丈判官見贈）

隴草蕭蕭白，洮雲片片黃。（寄彭州高三十五使君適，虢州岑二十七長史參三十韻）

雪嶺界天白，錦城曛日黃。（懷錦水居止二首）

驛邊沙舊白，湖外草新青。（宿白沙驛）

遠岸秋沙白，連山晚照紅。（秋野五首）

江湖深更白，松竹遠微青。（泊松滋江亭）

野日荒荒白，江流泯泯清。（漫成二首）

石門霜露白，玉殿莓苔青。（橋陵詩三十韻，因呈縣內諸官）

綵雲陰復白，錦樹曉來青。（暮春題瀼西新賃草屋五首）

落杵光輝白，除芒籽粒紅。（暫往白帝，復還東屯）

萋萋露草碧，片片晚旗紅。（陪鄭公秋晚北池臨眺）

冉冉柳絲碧，娟娟花蘂紅。（奉答岑參補闕見贈）

櫨梨纔綴碧，梅杏半傳黃。（豎子至）

滿歲如松碧，同時待菊黃。（樹間）

叢篁低地碧，高柳半天青。（秦州雜詩）

竹皮寒舊翠，椒實雨新紅。（遣悶奉呈嚴鄭公二十韻）
種竹交加翠，栽桃爛漫紅。（春日江村五首）
草敵虛嵐翠，花禁冷蕊紅。（大歷二年九月三十日）
塞柳行疏翠，山梨結小紅。（雨晴）
重來梨葉赤，依舊竹林青。（客舊館）
內頒金帶赤，恩與荔枝青。（贈翰林張四學士洎）
血戰乾坤赤，氛迷日月黃。（送靈州李判官）
崆峒殺氣黑，少海旌旗黃。（壯遊）
聞道奔雷黑，初看浴日紅。（天池）
石暄蕨茅紫，渚秀蘆筝綠。（客堂）
瓢棄樽無綠，爐存火似紅。（對雪）

七言

碧窗宿霧濛濛濕，朱拱浮雲細細輕。（江陵節度陽城郡王新樓成，王請嚴侍御判官賦七字句，同作）
黃鸝並坐交愁溼，白鷺羣飛太劇乾。（遣悶戲呈路十九曹長）
紫氣關臨天地闊，黃金臺貯俊賢多。（承聞河北諸道節度入朝，歡喜口號絕句十二首）

青山萬重靜散地，白雨一洗空垂蘿。(寄柏學士林居)

青衿胄子困泥塗，白馬將軍若雷電。(折檻行)

赤葉楓林百舌鳴，黃泥野岸天雞舞。(寄柏學士林居)

一雙白魚不受釣，三寸黃甘猶自青。(即事)

苦遭白髮不相放，羞見黃花無數新。(九日)

沙村白雪仍含凍，江縣紅梅已放春。(留別公安大易沙門)

天寒白鶴歸華表，日落青龍見水中。(陪李七司馬皂江二首)

兩箇黃鸝鳴翠柳，一行白鷺上青天。(絕句四首)

葉心朱實看時落，階面青苔先自生。(院中晚晴，懷西郭茅舍)

更肯紅顏生羽翼，便應黃髮老漁樵。(玉臺觀二首)

照室紅爐促曙光，縈牕素月垂文練。(冬末以事之東都，湖城東遇孟雲卿，復歸劉顥宅宿宴，飲散，因爲醉歌)

影遭碧水潛勾引，風妬紅花却倒吹。(風雨看舟前落花，戲爲新句)

渡頭翠柳艷明眉，爭道朱蹄驕齧膝。(清明)

金鐙下山紅日晚，牙檣捩柁青樓遠。(清明)

時危兵革黃塵裏，日短江湖白髮前。(公安送韋二少府匡贊)

曉漏追趨青瑣闥，晴窗檢點白雲篇。(贈獻納使起居田舍人澄)

弟子誰依白茅屋，盧老獨啓青銅瑣。（憶昔行）

殊方日落玄猿哭，故國霜前白雁來。（九日五首）

浮雲不負青春色，細雨何孤白帝城。（崔評事弟許相迎不到，應慮老夫見泥雨怯出，必愆佳期，走筆戲簡）

病渴三更廻白首，傳聲一注濕青雲。（示獠奴阿段）

盤出高門行白玉，菜傳纖手送青絲。（立春）

傾壺簫管動白髮，儛劒霜雪吹青春。（暮秋枉裴道州手札率爾遣興寄遞近呈蘇渙侍御）

山禽引子哺紅果，溪女得錢留白魚。（解悶十二道）

漁陽突騎獵青邱，犬戎鎖甲圍丹極。（虎牙行）

珠簾繡柱圍黃鵠，錦纜牙檣起白鷗。（秋興）

寵光蕙葉與多碧，點注桃花舒小紅。（江雨有懷鄭典設）

象牙玉手亂殷紅，萬草千花動凝碧。（白絲行）

六、屢用字

一　五言

天地一沙鷗。（旅夜書懷）

天地一丘墟。(秋日荊南送石首薛明府辭滿告別，奉寄薛尚書頌德敘懷，斐然之作，三十韻)

乾坤一腐儒。(江漢)

乾坤一草亭。(暮春題瀼西新賃草屋五首)

宇宙一羶腥。(秦州見勒目，薛三據授司議郎，畢四曜除監察，與二子有故遠喜遷官，兼述索居，凡三十韻)

江漢一歸舟。(懷灞上遊)

社稷一戎衣。(重經昭陵)

烟塵一長望。(秦州雜詩)

胡星一彗孛。(秋日夔府詠懷，奉寄鄭監審李賓客之芳一百韻)

昏霾一空濶。(七月三日亭午已後校熱退，晚加小涼，穩睡有詩)

邊秋一雁聲。(月夜憶舍弟)

青衿一憔悴。(題衡山縣文宣王廟新學堂，呈陸宰)

萬古一長嗟。(祠南夕望)

萬古一死生。(詠懷二首)

萬古一骸骨。(寫懷二首)

窮愁一作秋一揮淚。(贈蜀僧閭丘師兄)

老去一霑巾。(江月)

長嘯一含情。（公安懷古）
感動一沈吟。（病馬）
興遠一蕭疏。（瀼西寒望）
旅泛一浮萍。（橋陵詩三十韻，因呈縣內諸官）
廻舟一水香。（數陪李梓州泛江，有女樂在諸舫戲爲豔曲二首贈李）
一擬問高天。（題郭明府屋壁）
一哀三峽暮。（哭嚴僕射歸櫬）
一寄塞垣深。（擣衣）
一洗蒼生憂。（鳳凰臺）
一起轍中鱗。（奉贈蕭十二使君）
開邊一何多。（前出塞九首）
許身一何愚。（自京赴奉先縣，詠懷五百字）
吏呼一何怒。（石壕吏）
婦啼一何苦。（石壕吏）

七言

江湖滿地一漁翁。（秋興八首）
飄然時危一老翁。（冬狩行）
萬古雲霄一羽毛。（詠懷古跡五首）
浦上童童一青蓋。（浦樹爲風雨所拔歌）
衮職曾無一字補。（題省中院壁）
淮海維揚一俊人。（奉寄章十侍御）
天入滄浪一釣舟。（將赴荆南，寄別李劍州）
悵望千秋一灑淚。（詠懷古跡五首）

上

五言

百頃風潭上。（陪鄭廣文遊何將軍山林十首）
落日平臺上。（重遊何氏五首）
遠烟鹽井上。（出郭）

清思漢水上。(回棹)
望極春城上。(題新津北城樓，得郊字)
萬里清江上。(畏人)
勳業青冥上。(投贈哥舒開府翰二十韻)
議在雲臺上。(建都十二韻)
致君堯舜上。(奉贈韋左丞丈二十二韻)
學立游夏上。(故著作郎貶臺州司戶滎陽鄭公虔)
迥出名臣上。(過郭代公故宅)
白日中原上。(哭臺州鄭司戶蘇少監)
豈惟清溪上。(破船)
採菱寒刺上。(陪鄭公秋晚北池臨眺)
雨來霑席上。(陪諸貴公子丈八溝攜妓納涼，晚際遇雨，二首)
身在度鳥上。(次晚洲)
光細弦初上。(初月)
虎氣必騰上。(蕃劍)
雙雙瞻客上。(歸雁二首)

梁獄書應上。（贈裴南部）
蕭關迷北上。（傷春五首）
如絲氣或上。（太平寺泉眼）
花蕊上蜂鬚。（徐步）
石亂上雲氣。（柴門）
掛席上南斗。（將適吳楚，留別章使君留後，兼幕府諸公，得柳字）
野竹上青霄。（陪鄭廣文遊何將軍山林十首）
轉粟上青天。（西山三首）

七言

麒麟不動爐烟上。（至日遣興，奉寄北省舊閣老，兩院故人二首）
綠雲清切歌聲上。（樂遊園歌）
夜聞觱篥滄江上。（夜聞觱篥）
俊才早在蒼鷹上。（呼鶻行）

亂

五言

日晚烟花亂。（陪王使君晦日泛江就黃家亭子二首）

霏紅洲渚亂。（奉觀嚴鄭公廳事岷山沱江畫圖十韻，得忘字）

千畦碧泉亂。（行官張望補稻畦水歸）

翻倒芰荷亂。（泛溪）

人遠鳧鴨亂。（通泉驛南去通泉縣十五里山水作）

樹蜜早蜂亂。（入喬口）

卽今螢己亂。（舍弟觀歸藍田迎新婦，送示二首）

赤眉猶世亂。（巫峽敝廬奉贈侍御四舅別之澧朗）

洪濤越凌亂。（白沙渡）

藹藹花蘂亂。（絕句六首）

孤舟亂春華。（上水遣懷）

汀草亂春袍。（渡江）

過雨亂紅蕖。（寄李十四員外布十二韻）

波濤亂遠峰。（巴西驛亭觀江漲，呈竇十五使君）

森木亂鳴蟬。（與任城許主簿遊南池）

草堂亂玄圃。（阻雨不得歸瀼西甘林）

簷雨亂淋幔。（秦州雜詩）
羣盜亂豺虎。（雷）
風亂平沙樹。（雨）
波亂日華遲。（暮春題瀼西新賃草屋五首）
石亂上雲氣。（柴門）

七言

玉壘題書心緒亂。（寄杜位）
階前短草泥不亂。（雨不絕）
象牙玉手亂殷紅。（白絲行）
數看黃霧亂玄雲。（久雨，期王將軍不至）
風江颯颯亂帆秋。（簡吳郎司法）
復亂簷前星宿稀。（見螢火）

催

五言

深山催短景。（向夕）
寒天催日短。（公安縣懷古）
秋帆催客歸。（登舟將適漢陽）
汝曹催我老。（熟食日示宗文宗武）
鵁鶄催明星。（湘江宴餞裴二端公赴道州）
花催蠟炬銷。（西閣三度期大昌嚴明府同宿，不到）
空催犬馬年。（送十五弟侍御使蜀）
有鏡巧催顏。（悶）

七言

天涯春色催遲暮。（奉寄高常侍）
五夜漏聲催曉箭。（奉和賈至舍人早朝大明宮）

侵

樓靜月侵門。（西閣夜）
竹涼侵臥內。（倦夜）
野涼侵閉戶。（夜雨）

藜杖侵寒露。（九月一日過孟十二倉曹，十四主簿兄弟）
御裌侵寒氣。（茅堂檢校收稻二首）
烟塵侵火井。（西山三首）
色侵書幌晚。（嚴鄭公宅同詠竹，得香字）
纜侵堤柳繫。（陪諸公子丈八溝攜妓納涼，晚際遇雨二首）

俯

五言

層臺俯風渚。（雨二首）
層軒俯江壁。（西閣二首）
開筵俯高柳。（將適吳楚，留別章使君留後，兼幕府諸公，得柳字）
展席俯長流。（夏日李公見訪）
傲睨俯峭壁。（白水崔少府十九翁高齋三十韵）
四顧俯層巔。（冬到金華山觀，因得故拾遺陳公學堂遺跡）
城上俯江郊。（陪諸公上白帝城頭宴越公堂之作）
江檻俯鴛鴦。（陪王使君晦日泛江，就黃家亭子二首）

游目俯大江。（閬州東樓筵，奉送十一舅往青城，得昏字）
杖藜俯沙渚。（暇日小園散病，將種秋菜，督勤耕牛，兼書觸目）
炙背俯晴軒。（憶幼子）
此邦俯要衝。（發秦州）
旄頭俯澗瀍。（寄岳州賈司馬六丈巴州嚴使君兩閣老五十韵）
烏臺俯麟閣。（夏口楊長寧宅送崔侍御常正字入京，得深字）
俯視但一氣。（同諸公登慈恩寺塔）
俯視大江奔。（貽華陽柳少府）
俯視萬家邑。（謁文公上方）
俯見千里豁。（鹿頭山）
俯映江木疏。（五盤）
俯入裂厚坤。（木皮嶺）
俯恐坤軸弱。（青陽峽）

七言

緣江路熟俯青郊。（堂成）

附錄

黃徹曰：杜詩有用一字凡數十處不易者，如「緣江路熟俯青郊。」「傲睨俯峭壁。」「展席俯長流。」「杖藜俯沙渚。」「此邦俯要衝。」「四顧俯層巔。」「旄頭俯澗瀍。」「層臺俯風渚。」「游目俯大江。」「江檻俯鴛鴦。」其餘一字屢用若此類甚多，不能具述。

出

五言

開雲出遠山。（早起）
長雲出斷山。（遠遊）
昊天出華月。（夏夜歎）
初月出不高。（成都府）
寒山出霧遲。（早發射洪）
翠蓋出關山。（洛陽）
行蓋出風塵。（送陵州路使君之任）
風涼出舞雩。（熱三首）
鉤陳出帝畿。（傷春五首）

鮮鱠出江中。（王十五前閣會）
才格出尋常。（壯遊）
劉牢出外甥。（奉送二十三舅錄事崔偉之攝郴州）
公侯出異人。（奉寄李十五秘書文嶷二首）
會見出腥臊。（避地）
徑添沙面出。（西閣雨望）
江斂洲渚出。（獨坐）
草芽既青出。（晦日尋崔戢李封）
野鶴清晨出。（陪鄭廣文遊何將軍山林十首）
梁棟日已出。（寫懷二首）
豫章深出地。（上韋左相二十韻）

七言

正憐日破浪花出。（閬水歌）
須臾九重眞龍出。（丹青引，贈曹將軍霸）
青青竹笋迎船出。（送王十五判官扶侍還黔中，得開字）

樂極哀來月東出。（觀公孫大娘弟子舞劍器行）
長沙千人萬人出。（清明）
遠行不勞吉日出。（憶昔二首）
先生有道出羲皇。（醉時歌）
湘妃漢女出歌舞。（渼陂行）
春寒細雨出疏籬。（風雨看舟前落花，戲為新句）
凡今誰是出羣雄。（戲為六絕句）
名家莫出杜陵人。（季夏送舍弟部陪黃門從叔朝謁）

入(一)

五言

平野入青徐。（登兗州城樓）
春風入鼓鼙。（春日梓州登樓二首）
隨春入故園。（春日梓州登樓二首）
杖藜入春泥。（雨過蘇端）
莛春入眼濃。（庭草）

稚子入雲呼。(自閬州領妻子，卻赴蜀山行，三首)
嬌燕入簾回。(李監宅二首)
船渡入江溪。(白露)
騎馬入青苔。(上白帝城二首)
何事入朝霞。(花底)
風散入雲悲。(秦州雜詩)
低徊入衣裾。(草堂)
決眥入歸鳥。(望嶽)
枕簟入林僻。(已上人茅齋)
胡顏入筐篚。(種萵苣)
胡爲入雲霧。(送高司直尋封閬州)
窈窕入風磴。(謁文公上方)
紅入桃花嫩。(奉酬李都督表丈早春作)
江入度山雲。(江閣對雨，有懷行營裴二端公)
鶯入新年語。(傷春五首)
宅入先賢傳。(春日江村五首)

淚入犬羊天。（覽鏡呈柏中丞）

風入四蹏輕。（房兵曹胡馬）

隨風潛入夜。（春夜喜雨）

商歌還入夜。（與嚴二郎奉禮別）

入天猶石色。（瞿塘兩崖）

短褐風霜入。（冬日有懷李白）

前輩飛騰入。（偶題）

頗覺聰明入。（送率府程錄事還鄉）

酒醒微風入。（陪鄭廣文遊何將軍山林十首）

時徵俊乂入。（提封）

官軍請深入。（北征）

百萬傳深入。（散愁二首）

洛下舟車入。（有感五首）

日斜鵩鳥入。（贈秘書監江夏李公邕）

尙思歌吹入。（滕王亭子二首）

洑流何處入。（崔駙馬山亭宴集）

荒林無徑入。(放船)

七言

天入滄浪一鈞舟。(將赴劍南寄別李劍州)
返照入江翻石壁。(返照)
郡人入夜爭餘瀝。(示獠奴阿段)
芙蓉小院入邊愁。(秋興八首)
紫閣峰陰入渼陂。(秋興八首)
荔枝還報入長安。(解悶十二首)
草奏何曾入帝鄉。(承聞河北諸道節度入朝，歡喜口號絕句十二首)
青春復隨冠冕入。(洗兵馬)
竟能盡說諸侯入。(承聞河北諸道節度入朝，歡喜口號絕句十二首)
撑突波濤挺叉入。(又觀打魚)
昔去爲憂亂兵入。(將赴成都草堂，途中有作，先寄嚴鄭公五首)
乃是蒲城鬼神入。(奉先劉少府新畫山水障歌)
玻璃汗漫泛舟入。(渼陂行)

受

五言

吹面受和風。（上巳日徐司錄林園宴集）
輕燕受風斜。（春歸）
監河受貸粟。（奉贈蕭十二使君）
涕淚受拾遺。（述懷）
相看受狼狽。（兩當縣吳十侍御江上宅）
莫受二毛侵。（送賈閣老出汝州）
勿受外嫌猜。（示從孫濟）
修竹不受暑。（陪李北海宴歷下亭）
受性本幽獨。（客坐）

七言

野航恰受兩三人。（南鄰）
雄姿未受伏櫪恩。（高都護驄馬行）

能事不受相促迫。（戲贈王宰畫山水圖歌）

一雙白魚不受釣。（卽事）

附錄

洪邁云：杜詩所用「受」「覺」二字，皆絕奇。今摭其「受」字云：「修竹不受暑」，「勿受外嫌猜」，「莫受二毛侵」，「監河受貸粟」，「輕燕受風斜」，「能事不受相促迫」，「野航恰受兩三人」，「一双白魚不受釣」，「雄姿未受伏櫪恩。」用之雖多，然每字命意不同，學者讀之，唯見其新工也。

螢窗叢說：老杜詩酷愛下「受」字。如「修竹不受暑。」「輕燕受風斜。」「吹面受和風。」「野航恰受兩三人。」自得之妙，不一而足。東坡尤愛「輕燕受風斜」句，以爲燕迎風低飛，乍前乍後，却非受字不能形容。

楊德周曰：「微風燕子斜。」正與此句同看。詠之不盡，味之有餘。

到

五言

鴻雁幾時到。（天末懷李白）

人稀書不到。（憶弟二首）

此行何日到。（送舍弟潁赴齊州三首）

澗寒人欲到。（佐還山後寄三首）

漢使徒空到。（陪鄭廣文遊何將軍山林十首）
闕庭分未到。（陪王漢州留杜綿州泛房公西湖）
天池馬不到。（天池）
霜天到宮闕。（柳司馬至）
白日到羲皇。（重遊何氏五首）
岷山到北堂。（奉觀嚴鄭公廳事岷山沱江畫圖十韻，得忘字）
乾坤到十洲。（玉臺觀二首）
騎馬到階除。（對雨書懷，走邀許主簿）
鞍馬到荒林。（劉九法曹鄭瑕邱石門宴集）
步屧到蓬蒿。（北鄰）
亭深到芰荷。（章梓州水亭）
隨水到龍門。（奉留贈集賢院崔國輔于休烈二學士）
殺戮到雞狗。（述懷）
蕭灑到江心。（憶鄭南）
孤雲到來深。（萬丈潭）
碑到百蠻開。（送翰林張司馬南海勒碑）

書到汝爲人。（喜覩郎到復題短篇二首）
南雪不到地。（又雪）
到面雪山風。（春日泛村五首）

七言

石門斜日到林邱。（題張氏隱居二首）

去

五言

蒹葭離披去。（渼陂西南台）
秋蟲聲不去。（除架）
詔從三島去。（送翰林張司馬南海勒碑）
洩雲高不去。（課小豎鉏斫舍北果林，枝蔓荒穢，淨訖移牀，三首）
風吹滄江去。（雨）
故人南郡去。（聞斛斯六官未歸）
欲浮江海去。（送韋書記赴安西）

宮雲去殿低。（晚出左掖）

樓光去日遠。（白帝樓）

落月去清波。（將曉二首）

清笳去宮闕。（洛陽）

白鳥去邊明。（雨四首）

禁臠去東牀。（送大理封主簿五郎親事不合，却赴通州，主簿前閬州賢子，余與主簿平章鄭氏女子，埀欲納采，鄭氏伯父京書至，女子已許他族，親事遂停）

七言

江天漠漠鳥雙去。（灩澦）

杳杳東山攜妓去。（戲作寄上漢中王二首）

兼

五言

遠水兼天淨。（野望）

雲山兼五嶺。（野望）

湖闊兼雲霧。（陪裴使君登岳陽樓）
轡齊兼秉燭。（寄岳州賈司馬六丈，嚴八使君兩閣老五十韻）
物色兼生意。（倚杖）
行色兼多病。（行次古城店泛江作不揣鄙拙奉呈江陵幕府諸公）
降虜兼千帳。（秦州雜詩）
班秩兼通貴。（奉寄李十五祕書文嶷二首）
後賢兼舊制。（偶題）
我驢兼淚痕。（貽華陽柳少府）
離恨兼相仍。（陪章留後惠義寺餞嘉州崔都督赴州）
衣冠兼盜賊。（麂）
憐君吏隱兼。（東津送韋諷攝閬州錄事）
勝概欲相兼。（入宅三首）
九日意兼悲。（九日曲江）
接宴身兼杖。（巫山縣汾州唐使君十八弟宴別，兼諸公攜酒樂相送，率題小詩，留於屋壁）

七言

江間波浪兼天湧。（秋興八首）

切

五言

何處啼鶯切。（上牛頭寺）
臨歧意頗切。（送李校書二十六韻）
臣甫憤所切。（北征）
哀痛絲綸切。（秋日夔府詠懷，奉寄鄭監審李賓客之芳一百韻）
朝光切太虛。（瀼西寒望）
宗臣切受遺。（夔府書懷四十韻）

七言

風飄律呂相和切。（吹笛）
新亭舉目風景切。（十二月一日三首）

割

陰陽割昏曉。（望嶽）

未能割妻子。（謁眞諦寺禪師）

思明割懷衞。（塞蘆子）

劚

當爲劚青冥。（路逢襄陽楊少府入城，戲呈楊四員外綰）

無計劚龍泉。（所思）

藥許鄰人劚。（正月三日歸溪上有作，簡院內諸公）

劘

氣劘屈宋壘。（壯遊）

劃

天地劃爭回。（雷）

榮枯劃易該。（秋日荊南述懷三十韻）

朗詠劃昭蘇。（大歷三年秋，白帝城放船，出瞿唐峽，久居夔府，將適江陵，漂泊有詩，凡四十韻）

動

五言

星臨萬戶動。（春宿左省）
風連西極動。（秦州雜詩）
黃雲高未動。（日暮）
不見秋雲動。（秋笛）
思飄雲物動。（敬贈鄭諫議十韻）
水色含羣動。（瀼西寒望）
今夜文星動。（宴胡侍御書堂）
雄劍四五動。（前出塞）
悲笳聲數動。（後出塞）
慘淡壁飛動。（觀薛稷少保書畫壁）
喜覺都城動。（喜聞官軍已臨賊境）
絕岸風威動。（夜）
巫峽中宵動。（雷）
舟楫因人動。（續得觀書迎就當陽，居止，正月中旬定出峽）

幽棲身懶動。（絕句五首）

入幕旌旗動。（魏十四侍御就敝廬相別）

病身終不動。（朝二首）

神融躡飛動。（寄峽州劉伯華使君四十韻）

繫馬林花動。（晚登瀼上堂）

馬嘶未敢動。（溪漲）

星月動秋山。（草閣）

落月動沙虛。（中宵）

含星動雙闕。（天河）

秋風動關塞。（秦州見勅目、薛三璩授司議郎畢四曜除監察、與二子有故、遠喜遷官、兼述索居、凡三十韻）

秋風動哀壑。（壯遊）

涼風動萬里。（悲秋）

飛雨動華屋。（立秋雨院中有作）

碧色動柴門。（春水）

寒江動夜扉。（月圓）

寒江動碧虛。（秋野五首）

羣飛動荆棘。（贈別賀蘭銛）

大江動我前。（水會渡）

青春動才調。（送大理封主簿）

秋氣動衰顏。（峽口二首）

颯爽動秋骨。（畫鶻行）

高義動乾坤。（送裴五赴東州）

神兵動朔方。（送靈州李判官）

鼓角動江城。（歲暮）

收書動玉琴。（暝）

清文動哀玉。（奉酬李十二丈判官見贈）

防身動如律。（牽牛織女）

春動一作蕩水茫茫。（城上）

風動將軍幕。（西山二首）

風動金琅璫。（大雲寺贊公房四首）

劍動親身匣。（承聞故房相公靈櫬自閬州啓殯歸葬東都有作二首）

清動杯中物。（季秋蘇五弟纓江樓夜宴崔十三評事韋少府姪三首）

細動迎風燕。（江漲）

地平江動蜀。（奉和嚴中丞西城晚眺十韻）

七言

旌旗日暖龍蛇動。（奉和賈至舍人早朝大明宮）

春風自信牙檣動。（城西陂泛舟）

肉騣碨礧連錢動。（驄馬行）

今朝臘月春意動。（十二月一日三首）

褒公鄂公毛髮動。（丹青引贈曹將軍霸）

廻風滔一作陷日孤光動。（王兵馬使二角鷹）

欃槍熒惑不敢動。（魏將軍歌）

四座賓客色不動。（陪王侍御同登東山最高頂，宴姚通泉，晚攜酒泛江）

迴若寒空動烟雪。（韋諷錄事宅觀曹將軍畫馬圖歌）

石鯨鱗甲動秋風。（秋興八首）

秋風嫋嫋動高旌。（奉和嚴鄭公軍城早秋）

暮年詩賦動江關。（詠懷古跡五首）

訓練強兵動鬼神。（奉寄章十侍御）

萬草千花動凝碧。（白絲行）

動影裊窕沖融間。（渼陂行）

勤

澤國雖勤雨。（水宿遣、興奉呈羣公）

勞

形容勞宇宙。（移居公安、敬贈衞大郎鈞）

五言

冷

雲臥衣裳冷。（遊龍門奉先寺）

洞房環珮冷。（洞房）

荆玉簪頭冷。（寄彭州高三十五使君適、虢州岑二十七長史參三十韻）

松悲天水冷。（奉送郭中丞兼太僕卿充隴右節度使三十韻）

秋風楚竹冷。（送孟十二倉曹赴東京選）
直訝松杉冷。（奉觀嚴鄭公廳事岷山沱江畫圖十韻、得忘字）
暮秋霑物冷。（雨四首）
劍外官人冷。（逢唐興劉主簿弟）
厭蜀交遊冷。（春日梓州登樓二首）
六月風日冷。（渼陂西南臺）
土銼冷寒烟。（聞斛斯六官未歸）
胡雲冷萬家。（對雪）

七言

忽驚屋裏琴書冷。（見螢火）

外

五言

碧瓦初寒外。（冬日洛城北謁玄元皇帝廟）
日出寒山外。（客亭）

春色浮天外。（望牛頭寺）
柔櫓輕鷗外。（船下夔州郭宿，雨濕不得上岸別王十二判官）
秋城玄圃外。（奉觀嚴鄭公廳事岷山沱江畫圖十韻、得忘字）
九江春草外。（遊子）
巫峽西江外。（歷歷）
京洛雲山外。（雲山）
南海春天外。（送段功曹歸廣州）
錦里烟塵外。（爲農）
浩蕩風塵外。（寄邛州崔錄事）
畎畝孤城外。（向夕）
萬里梅花外。（寄楊五桂州譚）
漢節梅花外。（廣州段功曹到，得楊五長史書，功曹卻歸、聊寄此詩）
故國愁眉外。（雨晴）
南客瀟湘外。（冬晚送長孫漸舍人歸州）
重憶羅江外。（奉贈蕭十二使君）
橫行沙漠外。（故武衛將軍挽詞三首）

養拙江湖外。（酬韋韶州見寄）
負米夕葵外。（孟氏）
掛帆遠色外。（雨二首）
江漲柴門外。（江漲）
路出雙林外。（登牛頭山亭子）
微升古塞外。（初月）
卓立羣峰外。（白鹽山）
回眺積水外。（水會渡）
賞妍又分外。（柴門）
寇盜狂歌外。（陪章留後侍御宴南樓、得風字）
用意崎嶇外。（信行遠修水筒）
昏渾衣裳外。（阻雨水不得歸瀼西甘林）
飛鳥不在外。（萬丈潭）
始知五嶽外。（木皮嶺）
村春雨外急。（村夜）
晨鐘雲外一作岸濕。（船下夔州郭宿雨濕不得上岸別王十二判官）
碧知湖外草。（晴二首）

君聽空外音。（擣衣）
嶺猿霜外宿。（夜）
蕭疏外聲利。（送顧八分文學適洪吉州）
身外滿牀書。（漢州王大錄事宅作）

七言

諸天合在藤蘿外。（涪城縣香積寺官閣）
萬事盡付形骸外。（相從行，贈嚴二別駕）
白帝城門水雲外。（醉爲馬墜，群公攜酒相看）

附錄

楊德周曰：杜詩「日出寒山外。」「君聽空外音。」「晨鐘雲外濕。」「賞妍又分外。」「孤雲到來深，飛鳥不在外。」「回眺積水外，始知衆音乾。」「寒日外澹泊，長風中怒號。」用外字無一不妙。

失

五言

雲端失雙闕。（鹿頭山）

江漢失清秋。（第五弟豐獨在江左、近三四載寂無消息、覓使寄此二首）
玉食失光輝。（病橘）
奉使失張騫。（哭李尚書之芳）
但恐失桃花。（秦州雜詩）
失涕萬人揮。（送盧十四弟侍御護韋尚書靈櫬歸上都二十四韻）
失水任呼號。（鸂鶒）
失喜問京華。（遠遊）
失學從兒懶。（屛跡三首）
時淸關失險。（峽口二首）
路失羊腸險。（喜聞官軍已臨賊境二十韻）
魂斷航舸失。（送韋二判官）

七言

歸雲擁樹失山村。（返照）
男耕女桑不相失。（憶昔二首）

在

五言

國破山河在。（春望）

孤嶂秦碑在。（登兗州城樓）

草堂樽酒在。（朝雨）

山雨樽仍在。（重遊何氏五首）

稻粱霑汝在。（花鴨）

今秋天地在。（双燕）

白頭遺恨在。（寄峽州劉伯華使君）

白頭無藉在。（送韋書記赴安西）

豪俊何人在。（哭台州鄭司戶蘇少監）

十室幾人在。（征夫）

史閣行人在。（哭李尚書）

離別人誰在。（懷灞上遊）

空餘枚叟在。（戲題寄上漢中王三首）

相門韋氏在。（贈韋左丞丈濟）
尚愧微軀在。（與嚴二郎奉禮別）
謬稱三賦在。（奉留贈集賢院崔國輔于休烈二學士）
精魄凜如在。（過郭代公故宅）
披豁雲霄在。（秋日夔府詠懷、奉寄鄭監審、李賓客之芳一百韻）
活國名公在。（贈崔十三評事公輔）
炯炯一心在。（贈左僕射鄭國公嚴武公）
百戰今誰在。（憶弟二首）
先鋒百勝在。（投贈哥舒開府翰二十韻）
舊物森猶在。（秋日夔府詠懷，奉寄鄭監審，李賓客之芳一百韻）
亂後嗟吾在。（第五弟豐獨在江左，近三四載，寂無消息，覓使寄此二首）
即出黃沙在。（贈裴南部）
秋分客尚在。（晚晴）
歲月在衡門。（東屯月夜）
風竹在華軒。（奉漢中王手札）

七言

却看妻子愁何在。（聞官軍收河南河北）
弟妹蕭條各何在。（九日五首）
聞君話我爲官在。（因許八奉寄江甯旻上人）
詩酒尙堪驅使在。（江畔獨步尋花七絕句）
詩成珠玉在揮毫。（奉和賈至舍人早朝大明宮）

坐

五言

楓葉坐猿深。（峽口二首）

七言

寥落三年坐劍州。（將赴荊南寄別李劍州）
疏簾巧入坐人衣。（見螢火）
黃鸝並坐交愁濕。（遣悶、戲呈路十九曹長）
三步回頭五步坐。（憶昔行）

垂

星垂平野闊。（旅夜書懷）
月明垂葉露。（秦州雜詩）
荒庭垂橘柚。（禹廟）
高浪垂翻屋。（觀李固請司馬弟山水圖三首）
倒影垂澹瀩。（萬丈潭）
黃鵠翅垂雨。（秦州雜詩）

七言

黑入太陰雷雨垂。（戲韋偃爲畫雙松圖歌）

坼

五言

吳楚東南坼。（登岳陽樓）
東西兩岸坼。（奉酬薛十二丈判官見贈）
殿瓦鴛鴦坼。（秋日荊南送石首薛明府辭滿告別，奉寄薛尚書頌德敘懷，斐然之作三十韻）

聞道洪河坼。（臨邑舍弟書至，苦雨，黃河泛溢，隄防之患，簿領所憂，因寄此詩，用寬其意）
河梁幸未坼。（自京赴奉先縣，詠懷五百字）
雲端水筒坼。（信行遠修水筒）
浪簸船應坼。（遣悶奉呈嚴公二十韻）
欻翻盤渦坼。（白水崔少府十九翁高齋三十韻）
壞舟百板坼。（阻雨不得歸瀼西甘林）
地坼江帆隱。（曉望）
星坼台衡地。（奉送蘇州李二十五長史丈之任）

七言

岸坼雲霾龍虎睡。（白帝城最高樓）

堅

自覺面勢堅。（寄題江外草堂）
自覺坐能堅。（秋日夔府詠懷奉寄鄭監審李賓客之芳一百韻）
堅坐看君傾。（季秋蘇五弟纓江樓夜宴崔十三評事韋少府姪二首）

始壓戎馬氣。（題衡山縣文宣王廟新學堂呈陸宰）

大

五言

地卑荒野大。（遣興）
衡岳江湖大。（回棹）
國有乾坤大。（奉漢中王手札）
牢落乾坤大。（奉寄河南韋尹丈人）
荒險崖谷大。（信行遠修水筩）
乾坤雖寬大。（贈蘇四徯）
却立蒼石大。（萬丈潭）
聲名從此大。（寄李十二白二十韻）
色沮金印大。（同元使君舂陵行）
不復知天大。（望兜率寺）

其勢不兩大。（草堂）

七言

仰看明月當空大。（夜歸）

小

五言

屈跡縣邑小。（聶耒陽以僕阻水、書致酒肉、療飢荒江、詩得代懷，興盡本韻，至縣呈聶令）

應天才不小。（謁先主廟）

七言

此行入奏計未小。（入奏行、贈西山檢察使竇侍御）

壯

五言

劍門天下壯。（劍閣）

潛虬恨水壯。(上後園山腳)

坡陀風濤壯。(次晚洲)

南紀風濤壯。(江閣對雨，有懷行營裴二端公)

春風洪濤壯。(敬寄族弟唐十八使君)

落日心猶壯。(江漢)

聞子心甚壯。(寄薛三郎中據)

百中皆用壯。(楊監又出畫鷹十二扇)

子建文筆壯。(別李義)

七歲思卽壯。(壯遊)

七言

五更鼓負聲悲壯。(閣夜)

草書非古空雄壯。(李潮八分小篆歌)

奔

五言

百祥奔盛明。（奉同郭給事湯東靈湫作）

鼉吼風奔浪。（暫如臨邑，至嵖山湖亭，奉懷李員外，率爾成興）

七言

後來未識猶駿奔。（石笋行）

奮

奮舌動天意。（送從弟亞赴河西判官）

問

五言

詩律羣公問。（承沈八丈東美除膳部員外郎，阻雨未遂馳賀，奉寄此詩）

意答兒童問。（喜觀即到，復題短篇二首）

敢違漁父問。（陪裴使君登岳陽樓）

巫咸不可問。（上韋左相二十韻）

筋力妻孥問。（秋日夔府詠懷，奉寄鄭監審、李賓客之芳一百韻）

天意高難問。（暮春江陵送馬大卿公恩命追赴闕下）
幕府籌頻問。（贈李八秘書別三十韻）
舉鞭如有問。（玉腕騮）
為歷雲山問。（憑孟倉曹將書覓土婁舊居）
及此問吾廬。（過客相尋）
霑衣問行在。（送李卿曄）
鷄鳴問前館。（移居公安山館）
一一問函關。（入宅三首）
問法看詩妄。（謁眞諦寺禪師）
問我數能來。（春日江村五首）
為問南溪竹。（送韋郎司直歸成都）
借問頻朝謁。（秋日夔府詠懷，奉寄鄭監審，李賓客之芳，一百韻）
問訊東橋竹。（重遊何氏五首）

七言

佳人拾翠春相問。（秋興八首）

吼

五言

龍虎一吟吼。（送重表姪王砅評事使南海）

三峽徒雷吼。（將適吳楚，留別章使君留後，兼幕府諸公，得柳字）

雲門吼瀑泉。（陪鄭廣文遊何將軍山林十首）

七言

酒酣擊劍蛟龍吼。（相從行、贈嚴二別駕）

呑

吳呑水府寬。（第五弟豐獨在江左，近三四載寂無消息，覓使寄此二首）

哀

壞道哀湍瀉。（玉華宮）

喚

江草日日喚愁生。（愁）

嗔

引頸憎船過。（鵝兒）
待爾嗔烏鵲。（望觀弟未至）

團

五言

玉露團清影。（江月）
白露團甘子。（白露）
竹光圖一作圍野色（屏跡三首）
暗滿菊花團。（初月）

七言

玉座應悲白露團。（解悶十二首）
晴雲滿戶團傾蓋。（題柏學士茅屋）

囘

鬱鬱囘剛腸。（入衡州）

曳

清漣曳水衣。（重題鄭氏東亭）

嬰

信甘孱儒嬰。（石櫃閣）

寢處禍所嬰。（太子張舍人遺織成褥段）

沉沉二豎嬰。（贈左僕射鄭國公嚴武公）

蕭條病轉嬰。（柳司馬至）

轉衰病相嬰。（同元使君春陵行）

不以喪亂嬰。（湘江宴餞裴二端公赴道州）

還爲世塵嬰。（別贊上人）

朱夏熱所嬰。（上後園山脚）

四序嬰我懷。（晚登瀼上堂）

十年嬰藥餌。（秋日荆南送石首薛明府辭滿告別，奉寄薛尚書頌德叙懷，斐然之作，三十韻）
散才嬰薄俗。（回棹）
煩促嬰詞筆。（七月三日亭午已後，校熱退，晚加小凉，穩睡有詩，因論壯年樂事，戲呈元二十一曹長）
亡命嬰禍羅。（前出塞九首）
固合嬰飢貧。（贈別賀蘭銛）

媚

自足媚盤飧。（園）
要（一作更）取椒花媚遠天。（十二月一日）

嫩

小驛香醪嫩。（九日奉寄嚴大夫）

帶

五　言

春星帶草堂。（夜宴左氏莊）
暝色帶遠客。（石櫃閣）

江城帶素月。（聽楊氏歌）
城陰帶水昏。（東樓）
江滿帶維舟。（夜雨）
亭古帶蒹葭。（官亭夕坐，戲簡顏十少府）
泉聲帶玉琴。（憶鄭南）
積陰帶奔濤。（飛星閣）
桂楫帶酣歌。（暮春陪李尚書李中丞過鄭監湖亭汎舟，得過字）
春城帶雨長。（乘雨入行軍六弟宅）
山籬帶薄雲。（題柏兄弟山居屋壁二首）
疏籬帶晚花。（陪鄭廣文遊何將軍山林十首）
藩籬帶松菊。（赤谷西崦人家）
通林帶雨蘿。（佐還山後，寄三首）
風壤帶三苗。（野望）
滈水帶寒淤。（贈李八秘書別三十韵）
官橋帶柳陰。（長吟）
細葉帶浮毛。（丁香）
山帶烏蠻濶。（渝州候嚴六侍御不到，先下峽）

國帶烟塵色。（別蘇徯）
遠帶玉繩低。（夜宿西閣，呈元二十一曹長）
頗帶憔悴色。（別贊上人）
帶雨傍林微。（熒火）
關雲常帶雨。（寓目）

七言

處處清江帶白蘋。（將赴成都草堂，途中有作，先寄嚴鄭公五首）
高車駟馬帶傾覆。（覃山人隱居）

引

五言

山林引興長。（秋野五首）
看劍引杯長。（夜宴左氏莊）
和風引桂楫。（過津口）
衡山引舳艫。（過南岳入洞庭湖）

春臺引細風。（王十五前閣會）
雲臺引棟梁。（承沈八丈東美除膳部員外郎，阻雨未遂馳賀，奉寄此詩）
宴引春壺酒。（寄峽州劉伯華使君四十韻）
風引更如絲。（雨）
入村樵徑引。（野望，因過常少仙）
霧樹行相引。（喜達行在所三首）
勝地初相引。（陪李金吾花下飲）

七　言

影遭碧水潛勾引。（風雨看舟前落花，戲爲新句）

得

五　言

老樹空庭得。（秦州雜詩）
遲暮身何得。（陪李梓州王閬州蘇遂州李果州四使君登惠義寺）
亂後誰歸得。（得舍弟消息）

故鄉歸不得。（春遠）
夢魂歸未得。（歸夢）
谷口舊相得。（陪鄭廣文遊何將軍山林十首）
蜀酒禁愁得。（草堂即事）
衞侯不易得。（移居公安，敬贈衞大郎鈞）
去去才難得。（寄岳州賈司馬六丈，巴州嚴八使君兩閣老，五十韻）
少長樂難得。（湖南送敬十使君適廣陵）
青海今誰得。（警急）
衆人貴苟得。（前出塞九首）
寶鏡羣臣得。（千秋節有感二首）
埋沒何所得。（客堂）
沙草得微茫。（奉觀嚴鄭公廳事岷山沱江畫圖十韻，得忘字）
巢燕得泥忙。（乘雨入行軍六弟宅）
瓶中得酒還。（早起）
花溪得釣綸。（贈王二十四侍御契四十韻）
夕得花石戍。（宿花石戍）

七言

血汚遊魂歸不得。（哀江南）
昔者相過今不得。（偪側行贈畢曜）
神仙中人不易得。（醉歌行，贈公安顏少府請顧八分題壁）
刻泥爲之最易得。（歲晏行）
蒼天變化誰料得。（杜鵑行）
天下風塵兒亦得。（錦樹行）
繡羽銜一作衘花他自得。（清明二首）
祇殘鄴下不日得。（洗兵馬）

從

醉裏從爲客。（獨酌成詩）
把酒從衣濕。（徐步）
過懶從衣結。（春日江村五首）
失學從兒懶。（屛跡三首）
失學從愚子。（不離西閣二首）

門徑從榛草。（畏人）
爲郎從白首。（歷歷）
棗熟從人打。（秋野五首）
無錢從滯客。（悶）
書從稚子擎。（正月三日歸溪上有作，簡院內諸公）
座從歌伎密。（宴戎州楊使君東樓）
江從月窟來。（瞿唐懷古）
從兒具綠樽。（九日五首）

將

五言

將詩莫浪傳。（泛舟送魏十八倉曹還京，因寄岑中允參，范郎中季明）
將詩待物華。（山園）
素琴將暇日。（季秋江村）
仙老暫相將。（觀李固請司馬弟山水圖三首）
雞狗亦得將。（新婚別）
吹毛任選將。（冬晚送長孫舍人歸州）

新詩昨寄將。（送魏二十四司直充嶺南掌選崔郎中判官兼寄韋韶州）

七言

孰知二謝將能事。（解悶十二首）

故憑錦水將雙淚。（所思）

將詩不必萬人傳。（公安送韋二少府匡贊）

楚客惟聽棹相將。（十二月一日三首）

展

旅次展崩迫。（催宗文樹雞柵）

比興展歸田。（寄岳州賈司馬六丈，巴州嚴八使君兩閣老五十韻）

逍遙展良覿。（白水崔少府十九翁高齋三十韻）

時來展才力。（遣興二首）

落落展清眺。（次空靈岸）

才高心不展。（寄李士一百二十韻）

卜居意未展。（西枝村尋置草堂地，夜宿贊公房土室二首）

舊好何由展。（秦州見勅目、薛三據授司議郞畢四曜除監察、與二字有故、遠喜遷官、兼述索居、凡三十韻）
斷此朋知展。（故秘書少監武功蘇公源明）
願展丈夫雄。（送重表姪王砅評事使海南）

延

江樓延賞心。（送嚴侍郞到綿州，同登杜使君江樓宴，得心字）
茂林延疏光。（夏夜歎）
松淸延月華。（柴門）
土室延白光。（西枝邨尋置草堂地，夜宿贊公土室二首）
賞月延秋桂。（夔府書懷四十韻）
暝色延山徑。（宿江近閣）
曠望延駐目。（上後園山脚）
曠原延冥搜。（奉同郭給事湯東靈湫作）
故國延歸望。（題衡山縣文宣王廟新學堂，呈陸宰）
淹留景不延。（秋日夔府詠懷，奉寄鄭監審，李賓客之芳一百韻）

底

五言

江淸歌扇底。（數陪李梓州泛江，有女樂在諸舫戲，爲豔曲二首贈李）
已泊城樓底。（放船）

七言

有才無命百僚底。（寄狄明府博濟）
故鄉門巷荆棘底。（晝夢）

急

五言

村春雨外急。（村夜）
時危人事急。（暮春題瀼西新賃草屋五首）
蒙塵淸露急。（傷春）
雪嶺防秋急。（對雨）

哭廟悲風急。（寄岳州賈司馬六丈，巴州嚴八使君兩閣老五十韻）

宣命前程急。（送楊六判官使西蕃）

照秦通緊急。（夕烽）

國待賢良急。（送陵州路使君之任）

農務村村急。（春日江村五首）

村鼓時時急。（屏跡三首）

羽書還似急。（秦州見勅目、薛三據授司議郎、畢四曜除監察、與二子有故、遠喜遷官、兼述索居，凡三十韻）

來纏風飈急。（揚旗）

峽險江驚急。（季秋蘇五弟纓江樓夜宴崔十三評事、韋少府姪三首）

花飛有底急。（可惜）

皂鵰寒始急。（贈陳二補闕）

七言

天清小城擣練急。（秋風二首）

慳

玉粒未吾慳。（茅堂檢校收稻二首）

逆行波浪慳。（銅官渚守風）

怪

獨鳥怪人看。（放船）

儒衣山鳥怪。（送楊六判官使西蕃）

佇立久吁怪。（病柏）

惜

明星惜此筵。（春夜峽州田侍御長史津亭留宴，得筵字）

懶

五言

香醪懶再沽。（陪李金吾花下飲）

地僻懶衣裳。（田舍）

喧爭懶著鞭。（秋日夔府詠懷，奉寄鄭監審，李賓客之芳，一百韻）

平生懶拙意。（發同各縣）

知余懶是眞。（漫成二首）
幽棲身懶動。（絕句五首）
我衰更懶拙。（發秦州）
頗怪朝參懶。（重遊何氏五首）
東柯遂疏懶。（秦州雜詩）
失學從兒懶。（屛跡三首）
興來不暇懶。（晦日尋崔戢李封）
過懶從衣結。（春日江村五首）
懶心似江水。（西閣二首）
懶計却區區。（大歷三年春，白帝城放船，出瞿塘峽，久居夔府，將適江陵，漂泊有詩，凡四十韻）

七言

懶朝眞與世相違。（曲江對酒）
懶惰無心學解嘲。（堂成）
懶慢無堪不出村。（絕句漫興九首）
懶性從來水竹居。（奉酬嚴公寄題野亭之作）

淇上健兒歸莫懶。（洗兵馬）

拙

五言

養拙異考槃。（營屋）

養拙蓬爲戶。（遣愁）

養拙干戈際。（暮春題瀼西新賃草屋五首）

養拙江湖外。（酬韋韶州見寄）

養拙更何鄉。（冬日洛城北謁玄元皇帝廟）

計拙無衣食。（客夜）

吾知拙養尊。（雷）

吾衰猶計拙。（晚）

我衰更懶拙。（發秦州）

官序潘生拙。（秋日寄題鄭監湖上亭三首）

平生懶拙意。（發同谷縣）

拙被林泉滯。（夔府書懷四十詠）

況乃疏頑臨事拙。（投簡咸華兩縣諸子）

撥

拔劍撥年衰。（夔府書懷）

老困撥書眠。（九月一日過孟十二倉曹十四主簿兄弟）

已撥形骸累。（長吟）

撥杯要忽罷。（送盧十四弟侍御護韋尚書靈櫬歸上都二十四韻）

損

去住損春心。（送賈閣老出汝州）

把

山風猶滿把。（豎子至）

浩歌淚盈把。（玉華宮）

醉把青荷葉。（陪鄭廣文遊何將軍山林十首）

扶

紫蕚扶千蕊。（花底）

擁

高山擁縣靑。（行次鹽亭縣，聊題四韻，奉簡嚴遂州蓬州兩使君咨議諸昆季）
秋蔬擁霜露。（廢畦）
江沫擁春沙。（遠遊）
山擁更登危。（雲安九日鄭十八攜酒陪諸公宴）
頗免崖石擁。（晚登瀼上堂）
赤縣官曹擁才傑。（投簡咸華兩縣諸子）

拂

歸帆拂天姥。（壯遊）
轉盼拂宜都。（大曆三年春、白帝城放船、出瞿唐峽、久居夔府、將適江陵、漂泊有詩、凡四十韻）
佳氣拂周旋。（寄岳州賈司馬六丈、嚴八使君兩閣老五十韻）
渚拂蒹葭寒。（鄭典設自施州歸）

下拂明月輪。（贈太子太師汝陽王璡）

攏

朝罷香烟攜滿袖。（奉和賈至舍人早朝大明宮）

攬

樹攬離思花冥冥。（醉歌行）

抱

江清日抱黿鼉遊。（白帝城最高樓）

清江一曲抱邨流。（江邨）

散

五言

退朝花底散。（晚出左掖）

亭午氣始散。（通泉驛南，去通泉縣十五里山水作）

紅鮮任霞散。（行官張望補稻畦水歸）
復吹霾翳散。（雷）
不知雲雨散。（渝州候嚴六侍御不到，先下峽）
急流鴇鷁散。（桔柏渡）
別離同雨散。（奉贈王信州崟北歸）
鄰里各分散。（逃難）
朋知苦聚散。（西閣曝日）
多病一疏散。（白沙渡）
西成聚必散。（秋行官張望，督促東渚刈稻向畢，清晨遣女奴阿稽，豎子阿段往問）
潼關初潰散。（贈司空王公思禮）
元甲聚不散。（別蔡十四著作）
山東羣盜散。（與嚴二郎奉禮別）
不叱白刃散。（舟中苦熱遣懷，奉呈陽中丞，通簡臺省諸公）
百靈未敢散。（贈蘇大侍御渙）
使者紛星散。（送樊二十三侍御赴漢中判官）
列炬散林鴉。（杜位宅守歲）

月林散清影。（遊龍門奉先寺）
旭日散雞豚。（刈稻了詠懷）
歸馬散霜蹄。（奉贈太常張卿垍二十韻）
歸來散馬蹄。（到村）
清晨散馬蹄。（白露）
八水散風清。（喜聞官軍已臨賊境二十韻）
暄和散旅愁。（曉望白帝城鹽山）
一酌散千愁。（落日）
燈光散遠近。（送嚴侍郎到綿州，同登杜使君江樓宴，得心字）
琴書散明燭。（向夕）
飄颻散疏襟。（上後園山腳）
風流散金石。（贈秘書監江夏李公邕）
朱旗散廣川。（湘江宴餞裴二端公赴道州）
清曉散錦幪。（往在）
天晴忽散絲。（雨四首）
江色未散憂。（除草）

散風如飛霜。（望岳）

七言

樽當霞綺輕初散。（宇文晁崔彧重汎鄭監審前湖）

遠開山嶽散江湖。（又作此奉衛王）

梨園子弟散如烟。（觀公孫大娘弟子舞劍器行）

許坐曾軒數散愁。（簡吳郎司法）

五花散作雲滿身。（高都護驄馬行）

還家初散紫宸朝。（臘日）

改

五言

形骸改昏旦。（舟中苦熱遣懷，奉呈陽中丞通簡臺省諸公）

朝陰改軒砌。（贈秘書監江夏李公邕）

絕域改春華。（暮春題瀼西新賃草屋五首）

南紀改波瀾。（題衡山縣文宣王廟新學堂，呈陸宰）

雨晴山不改。（雨晴）
絕葷終不改。（隨章留後新亭會送諸君）
客堂序節改。（客堂）
卽今蓬鬢改。（九日五首）
稍知花改岸。（陪王使君晦日泛江就黃家亭子二首）

七言

北極朝廷終不改。（登樓）

敵

五言

草敵虛嵐翠。（大歷二年九月三十日）
榮華敵勳業。（壯遊）
蜀酒濃無敵。（戲題寄上漢中王三首）
符采高無敵。（同豆盧峰貽主客李員外賢子棐知字韻）
山雉防求敵。（課小豎鉏斫舍北果林，枝葉荒穢，淨訖移牀三首）

七言

一生自獵知無敵。（見王監兵馬使說近山有白黑二鷹二首）
塔劫宮牆壯麗敵。（嶽麓山道林二寺行）

暗

五言

暗水流花徑。（夜宴左氏莊）
暗度南樓月。（舟中夜雪，有懷盧十四侍御弟）
暗滿菊花團。（初月）
暗樹依巖落。（夜二首）
氣沉全浦暗。（八月十五夜月二首）
巫峽千山暗。（喜觀即到，復題短篇二首）
久雨巫山暗。（晴二首）
列國兵戈暗。（贈王二十四侍御契四十韻）
直苦風塵暗。（早花）

出入暗金闕。（留花門）
風雨暗荆蠻。（遠遊）
弧矢暗江海。（草堂）
灑血暗郊坰。（奉酬薛十二丈判官見贈）
接葉暗巢鶯。（陪鄭廣文遊何將軍山林十首）
連山暗烽燧。（送從弟亞赴河西判官）
故國暗戎馬。（上後園山脚）
野蔬暗泉石。（驅豎子摘蒼耳）
荆棘暗長原。（園官送菜）
東郊暗長戟。（兩當縣吳十侍御江上宅）
石泉流暗壁。（日暮）

七言

天晴宮柳暗長春。（題鄭縣亭子）
十年戎馬暗南國。（愁）
沙上草閣柳新暗。（暮春）

春

城春草木深。（春望）
氣春江上別。（奉送二十三舅錄事崔偉之攝郴縣）
爽氣春淅瀝。（贈司空王公思禮）

暖

別君誰暖眼。（上嚴二郎奉禮別）
蜂聲亦暖遊。（晦日尋崔戢李封）

熱

慟哭厚土熱。（喜雨）

犯

北雪犯長雲。（對雪）
飄飄犯百蠻。（將曉二首）
蠻歌犯星起。（夜二首）

爭

瞿唐爭一門。（長江二首）

服

滄溟服衰謝。（獨坐）

殘

五言

雲邊落點殘。（夕烽）
無令霜雪殘。（別董頲）
仍殘老驌驦。（秦州雜詩）
兵殘將自疑。（有感五首）
輿殘虛白室。（哭韋大夫之晉）
藥殘他日裹。（老病）
猶殘穫稻功。（暫往白帝復還東屯）

猶殘數行淚。（登牛頭山亭子）
南海殘銅柱。（偶題）
山東殘逆氣。（宿花石戍）
野寺殘僧少。（山寺）

七言

衹殘鄴下不日得。（洗兵馬）
惟殘一人出駱谷。（三絕句）
千里猶殘舊氷雪。（蘇端薛復筵薛華醉歌）

附錄

唐詩中「殘」字，多作餘字解。

清

五言

江清歌扇底。（數陪李梓州泛江，有女樂在諸舫，戲爲豔句二首贈李）
天清木葉聞。（曉望）

天清皇子陂。（重遊何氏五首）
時清關失險。（峽口二首）
時清瑤殿深。（銅瓶）
心清聞妙香。（大雲寺贊公房四首）
詩清立意新。（奉和嚴中丞西城晚眺十韻）
杉清延月華。（柴門）
客淚墮清笳。（遣懷）
江湖墮清月。（宴王使宅題二首）
秋至試清砧。（擣衣）
欲掩見清砧。（暝）
風月自清夜。（日暮）
昨夜月清圓。（舟中）
在野興清深。（課小豎鉏斫舍北果林，枝蔓荒穢，淨訖移牀，三首）
出郊已清目。（赤谷西崦人家）
力疾坐清曉。（奉酬李都督表丈早春作）
逸氣感清識。（殿中楊監見示張旭草書圖）

洞澈有清識。（送韋諷上閬州錄事參軍）
宿昔奉清樽。（奉漢中王手札）
況得終清宴。（石硯）
前後間清塵。（奉贈蕭十二使君）
事業富清機。（奉贈李八丈曛判官）
天宇清霜淨。（九日楊奉先會白水崔明府）
十月清霜重。（螢火）
日出清江望。（曉登白帝城鹽山）
驟雨清秋夜。（江邊星月）
清襟照等夷。（移居公安敬贈衞大郎鈞）
清切露華新。（十七夜對月）
清旭步北林。（上後園山脚）
清聞樹杪磬。（陪章留後惠義寺餞嘉州崔督都赴州）

七言

監牧攻駒閱清峻。（天育驃騎歌）

思家步月淸宵立。（恨別）

淨

五言

天宇淸霜淨。（九日楊奉先會白水崔明府）
雨洗平沙淨。（舟中出江陵南浦、奉寄鄭少尹審）
遠水兼天淨。（野望）
水花晚色淨。（夏日李公見訪）
嬋娟碧蘚淨。（法鏡寺）
幸喜囊中淨。（早發）
蕭然淨客心。（劉九法曹鄭瑕丘石門宴集）
鋤荒淨果林。（課小豎鋤斫舍北果林，枝蔓荒穢，淨訖移牀、三首）
深江淨綺羅。（泛江）
竹日淨暉暉。（寒食）
羽毛淨白雪。（奉酬薛十二丈判官見贈）
月淨庾公樓。（秋日寄題鄭監湖上亭三首）

七言

湖色春光淨客船。（清明二首）
金城土酥淨如練。（病後過王倚飲贈歌）

濶

五言

關山隨地濶。（十六夜翫月）
野樹侵江濶。（野望）
山帶烏蠻濶。（渝州候嚴六侍御不到，先下峽）
色借瀟湘濶。（長江二首）
北池雲水濶。（陪鄭公秋晚北池臨眺）
樽前江漢濶。（暮春江陵送馬大卿公，恩命追赴闕下）
始喜原野濶。（鹿頭山）
書信中原濶。（風疾舟中伏枕、書懷三十六韻，奉呈湖南親友）
建標天地濶。（奉贈太常張卿垍二十韻）

漂蕩雲天濶。（贈比部蕭郎中十兄）

羈遊萬里濶。（哭台州鄭司戶蘇少監）

正是炎天濶。（寄李十四員外布，十二韻）

大雅何寥濶。（秦州見勑（一作除）目，薛三據授司議郎，畢四曜除監察，與二子有故，遠喜遷官，兼述索居，凡三十韻）

若人才思濶。（送長孫九侍御赴武威判官）

水深波浪濶。（夢李白二首）

小子思疏濶。（贈蜀僧閭丘師兄）

昏霾一空濶。（七月三日亭午已後，挍熱退、晚加小涼、穩睡有詩）

所向無空濶。（房兵曹胡馬）

詞場竟疏濶。（故著作郎貶台州司戶滎陽鄭公虔）

七言

紫氣臨關天地濶。（承聞河北諸節度入朝，歡喜口號絶句十二首）

玄圃滄洲莽空濶。（憶昔行）

春去春來洞庭濶。（清明二首）

滄浪水深青溟濶。（奉先劉少府新畫山水障）

文章曹植波瀾濶。（追酬故高蜀州人日見寄）

濕

五言

香霧雲鬟濕。（月夜）

泱莽后土濕。（送率府程錄事還鄉）

自天題處濕。（端午日賜衣）

久露晴初濕。（草閣）

茅茨疏易濕。（梅雨）

溪行衣自濕。（通泉驛南去通泉縣十五里山水作）

暑雨留蒸濕。（遣悶）

雲霄遺暑濕。（臺上得涼字）

滂沱朱檻濕。（西閣雨望）

晨鐘雲岸濕。（船下夔州郭宿，雨濕不得上岸，別王十二判官）

江雨銘旌濕。（重題）

礎潤休全濕。（朝二首）
沮如棧道濕。（龍門鎮）
樹濕風涼進。（立秋雨，院中有作）
恐濕漢旌旗。（對雨）
長雲濕褒斜。（送李秘書二十六韻）
三春濕黃精。（太平寺泉眼）

七言

林花著雨燕支濕。（曲江對雨）
黃鸝並坐交愁濕。（遣悶戲呈路十九曹長）
元氣淋漓障猶濕。（奉先劉少府新畫山水障歌）
寒雨颯颯枯樹濕。（同谷縣作歌七首）
誰家別淚濕羅衣。（黃草）
傳聲一注濕青雲。（示獠奴阿段）
身過花間霑濕好。（崔評事弟許相迎不到應慮老夫見泥雨怯出，必愆佳期，走筆戲簡）

洗

五言

火雲洗月露。（貽華陽柳少府）
雨露洗春蕪。（大歷三年春，白帝城放船，出瞿塘峽，久居夔府，將適江陵，漂泊有詩，凡四十韻）
城郭洗憂戚。（鄭典設自施州歸）
雙崖洗更青。（獨坐二首）
戰勝洗侵凌。（寄峽州劉伯華使君四十韻）
將來洗筐篋。（故司徒李公光弼）
滂沱洗吳越。（喜雨）
爲君洗乾坤。（客居）
對君洗紅妝。（新婚別）
春鷗洗翅呼。（寄韋有夏郎中）
迥然洗愁辛。（白沙渡）
雨洗娟娟淨。（嚴鄭公宅同詠竹）
雨洗平沙淨。（舟出江陵南浦，奉寄鄭少伊審）

一洗蒼生憂。（鳳凰臺）
松菊新霑洗。（村雨）
白髮少新洗。（別常徵君）
洗然遇知己。（別李義）

七言

欲傾東海洗乾坤。（追酬故高蜀州人日見寄）
一洗萬古凡馬空。（丹青引。贈曹將軍霸）
漢家威儀重昭洗。（寄狄明府博濟）
頭脂足垢何曾洗。（狂歌行贈四兄）

活

五言

實欲邦國活。（自京赴奉先縣、詠懷五百字）
論道邦國活。（鹿頭山）
於今國猶活。（北征）

生意從此活。（七月三日亭午已後校熱退，晚加小凉，穩睡有詩，因論壯年樂事，戲呈元二十一曹長）
罪戾寬猶活。（秋日荆南述懷三十韻）
活國名公在。（贈崔十三評事公輔）
活國用輕刑。（奉酬薛十二丈判官見贈）

七言

至今斑竹臨江活。（奉先劉少府新畫山水障歌）

泥

五言

致遠宜恐泥。（解憂）
路遠思恐泥。（槐葉冷陶）
跋涉曾不泥。（贈秘書監江夏李公邕）
恐泥勞寸心。（阻雨不得歸瀼西甘林）
恐泥竄蛟龍。（三川觀水漲二十韻）
拙計泥銅柱。（詠懷）

七言

忽忽窮愁泥殺人。（冬至）

附錄

朱子曰：文字好用經語，亦一病。老杜詩「致遠思恐泥。」東坡寫此詩到此句云：「此詩不足爲法。」

減

五言

賓客減應劉。（重題）

朝來減片愁。（巴西驛亭觀江漲，呈竇十五使君二首）

湍減石稜生。（西閣雨望）

高唐寒浪減。（秋日寄題湖上亭）

七言

一片飛花減却春。（曲江二首）

張

春日漲雲岑。（過津口）
兵氣漲林巒。（白水崔少府十九翁高齋三十韻）
江發蠻夷漲。（江漲）

浩

五言

干戈浩茫茫。（南池）
干戈浩未息。（雨）
戀闕浩酸辛。（敬寄族弟唐十八使君）
詞氣浩縱橫。（同元使君舂陵行）
宿夕浩茫然。（湘江宴餞裴二端公赴道州）
倚薄浩至今。（上後園山脚）

七言

九州兵革浩茫茫。（惜別行送劉僕射判官）

潛

到處潛悲辛。（奉贈韋左丞丈二十二韻）

歸來潛京輦。（故秘書少監武功蘇公源明）

漏

百谷漏波濤。（臨邑舍弟書至、苦雨、黃河泛溢，隄防之患簿領所憂，因寄此詩，用寬其意）

渴

渴日絕壁出。（望嶽）

溢

元勳溢鼎銘。（秦州見勑一作除目，薛三據授司議郎，畢四曜除監察，與二子有故，遠喜遷官，兼述索居，凡三十韻）

潤

遷擢潤朝廷。（秦州見勑一作除目，薛三據授司議郎，畢四曜除監察，與二子有故，遠喜遷官，兼述索居，凡三十韻）

沸

擺闔盤渦沸。（大歷三年春、白帝城放船，出瞿唐峽久，居夔府將，適江陵，漂泊有詩凡四十韻）

三止錦江沸。（覽柏中丞兼子姪數人除官制詞因述父子兄弟四美載歌絲綸）

豺狼沸相噬。（送樊二十三侍御赴漢中判官）

湧

雲山湧坐隅。（北風）

澀

霧雨銀章澀。（秋日夔府詠懷奉寄鄭監審李賓客之芳一百韻）

風水白刃澀。（龍門鎮）

達曙凌險澀。（早發射洪縣南，途中作）

捫蘿澀先登。（西枝村尋置草堂地，夜宿贊公房土室二首）

理

五言

猶思理烟艇。（故右僕射相國張公九齡）

應須理舟楫。(春日梓州登樓二首)

篙師暗理楫。(水會渡)

昔歲文爲理。(寄峽州劉伯華使君四十韻)

驕蹇不復理。(種萵苣)

誰繼方隅理。(哭韋大夫之晉)

七言

待君亂絲與君理。(荊南兵馬使太常卿趙公大食刀歌)

生

五言

陰壑生虛籟。(遊龍明奉先寺)

衆壑生寒早。(移牀)

靄靄生春雲。(暫如臨邑至𡺊山湖亭，奉懷李員外，率爾成興)

衡霍生春早。(送王十六判官)

春色生烽燧。(傷春五首)

新文生沈謝。（哭王彭州掄）

解龜生碧草。（哭王彭州掄）

盪胸生曾雲。（望嶽）

清邊生戰場。（入衡州）

秋雨欲生魚。（得家書）

月生初學扇。（復愁十二首）

水生春纜沒。（登白馬潭）

七言

大小二篆生八分。（李潮八分小篆歌）

蜜蜂蝴蝶生情性。（風雨看舟前落花，戲爲新句）

白

五言

江湖深更白。（泊松滋江亭）

天河原自白。（江邊星月二首）

鬢毛垂領白。（上巳日徐司錄林園宴集）

越女天下白。（壯遊）

事與雲水白。（贈司空王公思禮）

雨含長江白。（雨二首）

七言

青山落日江湖白。（惜別行，送向卿進奉端午御衣之上都）

破

五言

戀闕丹心破。（散愁）

喪亂丹心破。（暮春題瀼西新賃草屋五首）

戰伐乾坤破。（送陵州路使君之任）

梅蕊臘前破。（江梅）

歌長擊樽破。（屏迹三首）

衰顏偶一破。（早發射洪縣南，途中作）

悠悠邊月破。(雨)
剩水滄江破。(鄭附廣文遊何將軍山林十首)
聞道花門破。(即事)
白團為我破。(湘江宴餞裴二端公赴道州)
石角鉤衣破。(奉陪鄭駙馬韋曲二首)
讀書破萬卷。(上韋左丞丈二十二韻)
春耕破瀼西。(卜居)
清風破炎暑。(雨)
鯨力破滄溟。(贈張四學士)
嘗新破旅顏。(茅屋檢校收稻)
北風破南極。(北風)
國破山河在。(春望)
風破寒江遲。(贈蘇大侍御)
秦山忽破碎。(同諸公登慈恩寺塔)

七言

干戈滿地客愁破。（夔州歌十絕句）
數回細寫愁仍破。（野人送朱櫻）
在野只教心力破。（見王監兵馬使白黑二鷹）
正憐月破浪花出。（閬水歌）
二月已破三月來。（絕句漫興九首）

移

白日移歌扇。（數陪李梓州泛江，有女樂在諸舫，戲爲豔曲二首贈李）
玉樽移晚興。（暮春陪李尚書李中丞過鄭監湖亭泛舟，得過字）
江動月移石。（絕句五首）

凝

知我礙湍濤。（聶耒陽以僕阻水，書致酒肉，療飢荒江，詩得代懷，興盡本韻，至縣呈聶令）

登

睥睨登哀柝。（南極）

疑

計疏疑翰墨。(奉贈鮮于京兆二十韻)

羞

青雲羞葉密。(甘林)

盡

五言

何日干戈盡。(自閬州領妻子，却赴蜀州行三首)
流水生涯盡。(哭長卿侍御)
令我懷抱盡。(贈鄭十八賁)
晚來高興盡。(九日曲江)
江雲何夜盡。(重簡王明府)
一代風流盡。(哭李常侍嶧二首)
留滯才難盡。(泊岳陽城下)

兒童相識盡。(重題)
材歸俯身盡。(揚旗)
交遊颯向盡。(湘江宴餞裴二端公赴道州)
寒花開已盡。(雲安九日鄭十八攜酒陪諸公)
綠霑泥滓盡。(廢畦)
客下荆南盡。(送王十六判官)
地僻秋將盡。(秦州雜詩)
文章亦不盡。(送竇九赴成都)
東征健兒盡。(秦州雜詩)
素交零落盡。(過故斛斯校書莊二首)
令我懷抱盡。(贈鄭十八賁)
有猿揮淚盡。(雨晴)
東盡白雲求。(第五弟豐獨在江左，近三四載寂無消息，覓使寄此二首)

七言

他日一杯難強盡。(十二月一日三首)

立

五言

細雨荷鋤立。(暮春題瀼西新賃草屋五首)
亭亭新妝立。(牽牛織女)
殊姿各獨立。(楊監又出畫鷹十二扇)
在困無獨立。(早發射洪縣南，途中作)
筆飛鸞聳立。(贈特進汝陽王二十韻)
與語才傑立。(送率府程錄事還鄉)
天險終難立。(懷錦水居止二首)
居然赤縣立。(橋陵詩三十韵，因呈縣內諸官)

七言

漁翁暝踏孤舟立。(奉先劉少府新畫山水障歌)
思家步月清宵立。(恨別)
繡衣春當霄漢立。(入奏行，贈西山檢察使竇侍御)

恐汝後時難獨立。（秋雨歎三首）
坐臥只多少行立。（百憂集行）
屈強泥沙有時立。（又觀打魚）
蜀人聞之皆起立。（又一首）
苦縣光和尚骨立。（李潮八分小篆歌）
白狐跳梁黃狐立。（乾元中寓居同谷縣、作歌七首）

細

五言

市橋官柳細。（西郊）
寒江流甚細。（夜宿西閣呈元二十一曹長）
衆力亦不細。（解憂）
已應春得細。（佐還山後寄三首）
促織甚微細。（促織）
仰凌棧道細。（五盤）
輕雲倚細根。（東屯月夜）

春臺引細風。（王十五前閣會）
凍泉依細石。（謁眞諦寺禪師）
野船明細火。（遣意二首）
夕陽薰細草。（晚晴）
今朝雲細薄。（舟中）
子能渠細石。（自瀼西荊扉且移居東屯茅屋四首）
出郭眄細岑。（西枝村尋置草堂地，夜宿贊公土室二首）
憂國只細傾。（贈左僕射鄭國公嚴武公）
題詩好細論。（敝廬遣興，奉寄嚴公）
重巖細菊斑。（九日奉寄嚴大夫）
潤物細無聲。（春夜喜雨）
簷雨細隨風。（陪章留後侍御宴南樓，得風字）
春帆細雨來。（送翰林張司馬南海勒碑）
冥冥細雨來。（梅雨）
來書細作行。（別常徵府）
風吹細細香。（嚴鄭公宅同詠竹，得香字）

竹細野池幽。（上牛頭寺）
月細鵲休飛。（夜二首）
光細弦初上。（初月）
雲細不成衣。（復愁十二首）
細雨荷鋤立。（暮春題瀼西新賃草屋五首）
細雨魚兒出。（水濫遣心一作興二首）
細雨更移橙。（遣意二首）
細水曲通池。（過南鄰朱山人水亭）
細草微風岸。（旅夜書懷）
細草偏稱坐。（陪李金谷花下飲）
細葉帶浮毛。（丁香）
細麥落輕花。（爲農）
細聲聞玉帳。（嚴鄭公階下新松，得霑字）
細蕩林影趣。（太平寺泉眼）
細動迎風燕。（江漲）
細酌老江干。（歸來）

細細酌流霞。（官亭夕坐，戲簡顏十少府）

七言

細推物理須尋樂。（曲江二首）

細雨何孤白帝城。（崔評事許相迎不到，應慮老夫見泥雨怯出，必愆佳期，走筆戲簡）

細草留連侵坐軟。（又送）

細學周顒免興孤。（岳麓山道林二寺行）

細馬時鳴金騕褭。（春日戲題，惱郝使君兄）

含風翠篠孤雲細。（涪城縣香積寺官閣）

晚節漸於詩律細。（遣悶戲呈路十九曹長）

魂作杜鵑何微細。（杜鵑行）

桃花細逐楊花落。（曲江對酒）

石古細路行人稀。（秋風二首）

主泉陰洞細烟霧。（鄭駙馬宅宴洞中）

明月杖藜來細聽。（別李秘書始興寺所居）

醉把茱萸仔細看。（九日藍田崔氏莊）

春寒細雨出疏籬。（風雨看舟前落花，戲爲新句）

魚吹細浪搖歌扇。（城西陂泛舟）

記憶細故非高賢。（赤霄行）

春日春盤細生菜。（立春）

紫沙惹草細如毛。（風雨看舟前落花，戲爲新句）

纏

五言

社稷纏妖氣。（舟中出江陵南浦，奉寄鄭少尹審）

大角纏兵氣。（傷春五首）

蛟龍纏倚劍。（哭王彭州掄）

風雷纏地脈。（大歷三年春，白帝城放船，出瞿塘峽，久居夔府，將適江陵，漂泊有詩，凡四十韻）

胡馬纏伊洛。（贈司空王公思禮）

聲吼纏猛虎。（火）

氣纏霜匣滿。（湖中送敬十使君適廣陵）

尙纏漳水疾。（故秘書少監武功蘇公源明）

七言

結根失所纏風霜。（歎庭前甘菊花）

遙拱北辰纏寇盜。（追酬故高蜀州人日見寄）

星纏寶校金盤陀。（魏將軍歌）

縮

欲濟願水縮。（三川觀水漲二十韻）

凍埋蛟龍南浦縮。（前苦寒行二首）

絆

鹽車雖絆驥。（李監宅二首）

何用浮名絆此身。（曲江二首）

落

五言

高城秋自落。（晚秋陪嚴鄭公摩訶池泛舟，得溪字）

江城秋日落。（巫峽敝廬奉寄侍御四舅別之澧朗）
風林纖月落。（夜宴左氏莊）
送遠秋風落。（送楊六判官使西蕃）
多病秋風落。（示姪佐）
葉稀風更落。（野望）
江湖後搖落。（蒹葭）
不夜楚帆落。（銅官渚守風）
穹廬莽牢落。（遣興三首）
寒事今牢落。（除架）
古寺僧牢落。（酬高使君相贈）
束薪已零落。（除架）
顧步涕橫落。（過郭代公故宅）
馬驕朱汗落。（秦州雜詩）
罘罳朝共落。（奉送郭中丞兼太僕卿，充隴右節度使，三十韻）
簷影微微落。（遣意二首）
故人亦流落。（送裴五赴東川）

神女花鈿落。（雨四首）

但恐天河落。（酬孟雲卿）

七言

藍水遠從千澗落。（九日藍田崔氏莊）

故園楊柳今寥落。（吹笛）

雪嶺獨看西日落。（秋盡）

桃花細逐楊花落。（曲江對酒）

辛夷始花亦已落。（偪側行贈畢曜）

芙蓉旌旗烟霧落。（寄韓諫議注）

鎖石藤梢元自落。（寒雨朝行視園樹）

葉裏松子僧前落。（戲韋偃爲雙松圖歌）

㸌如羿射九日落。（觀公孫大娘弟子舞劍器行）

燈前細雨簷花落。（醉時歌）

著

五言

心死著寒灰。（喜達行在所）
官柳著行新。（鄠縣西原送李判官兄，武判官弟赴成都府）
獵火著高林。（初冬）
朱崖著毫髮。（又上後園山脚）
山寒著水城。（西閣雨望）
迷方著處家。（春日梓州登樓二首）
宮衣著更香。（送許八拾遺歸江寧覲省）
我生無倚著。（自閬州領妻子，却赴蜀州行三首）
晚著華堂醉。（寄岳州賈司馬六丈，巴州嚴八使君兩閣老五十韻）
蒼鷹飢著人。（觀安西兵過赴關中待命二首）
著處覓丹梯。（卜居）

七言

林花著雨燕支濕。（曲江對雨）
故著浮槎替入舟。（江上値水如海勢、聊短述）
應結茅齋著青壁。（閬山歌）

著處繁華矜是日。(清明)
著葉滿枝翠雨蓋。(秋雨歎三首)

薄

五言

殺氣薄炎熾。(送從弟亞赴河西判官)
天意薄浮生。(敬贈鄭諫議十韻)
歎時藥力薄。(同元使君春陵行)
遠林暑氣薄。(夏日李公見訪)
谷虛雲氣薄。(暮春題瀼西新賃草屋五首)
東林竹影薄。(舍弟占歸草堂檢較聊示此詩)
直氣森噴薄。(過郭代公故宅)

附錄

黃徹曰：「子美南風作秋聲，殺氣薄炎熾。」蓋用易「雷風相薄。」左氏：「寧我薄人。」軍志：「先人有奪人之心，薄之也。」

黃生曰：杜善錬字。竹稀而曰「影薄」，樹多而曰「陰雜。」皆能涉筆成趣。

虛

五言

山虛風落石。（西閣夜）

沙虛岸只摧。（秋野五首）

窗虛交茂林。（送嚴侍郎到緜州同登杜使君江樓宴得心字）

谷虛雲氣薄。（暮春題瀼西新賃草屋五首）

藥物虛狼籍。（秋日夔府詠懷，奉寄鄭監審李賓客之芳一百韻）

病身虛俊味。（王十五前閣會）

物役水虛照。（自閬州領妻子，却赴蜀山行三首）

七言

織女機絲虛夜月。（秋興八首）

嶢關險阻今虛遠。（舍弟觀自藍田迎妻子到江陵，喜寄三首）

蟠

五言

仙李蟠根大。（冬日洛城北謁玄元皇帝廟）
石林蟠水府。（陪鄭廣文遊何將軍山林十首）
烽櫓蟠城隍。（入衡州）
遠引蟠泥沙。（喜晴）
下根蟠厚地。（枯柟）
華燭蟠長烟。（湘江宴餞裴二端公赴道州）
大江蟠嵌根。（柴門）
巫峽蟠江路。（九日五首）
慘淡蟠穹蒼。（四松）
通籍蟠螭印。（贈李八秘書別三十韻）
龍依積水蟠。（萬丈潭）
高臥豈泥蟠。（宴王使君宅題二首）
徑摩穹蒼蟠。（鐵堂峽）
深蟠絕壁來。（雷）

七言

山連越嶲蟠三蜀。（野望）

龍蛇動篋蟠銀鉤。（寄裴施州）

覺

五言

無人覺來往。（西郊）

廚烟覺遠庖。（題新津北城樓得郊字）

詩成覺有神。（獨酌）

含悽覺汝賢。（船下夔州郭宿，雨濕不得上岸，別王十二判官）

熊羆覺自肥。（晚晴）

跋涉覺自勞。（送重表姪王砯評事使南海）

時危覺凋喪。（雨）

人才覺弟優。（重送劉十弟判官）

飄蕭覺素髮。（義鶻）

徒步覺自由。（晦日尋崔戢李封）

已覺良宵永。（奉漢中王手札）

已覺糟牀注。(羗村二首)
不覺羣心妬。(花鴨)
未覺栝柏枯。(別張十三建封)
未覺邨野醜。(遭田父泥飲)
更覺老隨人。(奉酬李都督表丈早春作)
更覺彩衣春。(奉和陽城郡王太夫人恩命加鄧國太夫人)
更覺片心降。(季秋蘇五弟纓江樓夜宴崔十三評事韋少府姪三首)
更覺松竹幽。(除草)
如覺天地窄。(送李校書二十六韻)
直覺巫山暮。(雨)
始覺所歷高。(飛仙閣)
始覺心和平。(太子張舍人遺織成褥段)
早覺仲容賢。(示姪佐)
頗覺客來遲。(佐還山後寄二首)
頗覺聰明入。(送率府程錄事還鄉)
深覺負平生。(正月三日歸溪上有作，簡院內諸公)

喜覺都城動。(喜聞官軍已臨賊境二十韻)
最覺潤龍鱗。(大雲寺贊公房四首)
重覺在天邊。(夜二首)
每覺昇元輔。(寄岳州賈司馬六丈，巴州嚴使君兩閣老五十韻)
自覺成老醜。(將適吳楚，留別章使君留後，兼幕府諸公，得柳字)
自覺酒須賒。(復愁十二首)
自覺坐能堅。(秋日夔府詠懷，奉寄鄭監審李賓客之芳一百韻)
身覺省郎在。(復愁十二首)
秋覺追隨盡。(九月一日過孟十二倉曹，十四主簿兄弟)
秋覺隨冬盡。(九月一日過孟十二庫曹十四主簿兄弟)
日覺死生忙。(壯遊)
尙覺王孫貴。(李監宅二首)
城池未覺喧。(觀安西兵過關中待命二首)
追隨不覺晚。(贈王二十四侍御契四十韻)
覺兒行步奔。(示從孫濟)
覺君衣裳單。(別董頲)

七言

不覺前賢畏後生。（戲爲六絕句）
不覺老夫神內傷。（惜別行送劉僕射判官）
未覺千金滿高價。（驄馬行）
但覺高歌有鬼神。（醉時歌）
已覺氣處嵩華敵。（閬山歌）
更覺良工心獨苦。（題李尊師松樹障子歌）
獨覺志士甘漁樵。（嚴氏溪放歌行）
始覺屏障生光輝。（韋諷錄事宅觀曹將軍畫馬圖歌）
習池未覺風流盡。（將赴成都草堂，途中有作，先寄嚴鄭公五首）
放筋未覺金盤空。（闕鄉姜七少府設鱠戲贈長歌）
胡來不覺潼關隘。（諸將五首）
吏情更覺滄洲遠。（曲江對酒）
虞羅自覺虛施巧。（見王兵馬使白黑二鷹）
相逢苦覺人情好。（戲贈閿鄉秦少府短歌）

取樂喧呼覺船重。（陪王侍御同登東山最高頂，宴姚通泉，晚攜酒泛江）

自得隋珠覺夜明。（酬郭十五判官）

東歸貪路自覺難。（閿鄉姜七少府設鱠戲贈長歌）

梅花欲開不自覺。（至後）

附錄

洪邁曰：「杜詩所用「受」「覺」二字，皆絕奇。今摭其「覺」字云：「已覺糟牀注」，「身覺省郎在」，「自覺成老醜」，「更覺松竹幽」，「日覺死生忙」，「最覺潤龍鱗」，「喜覺都城動」，「更覺老隨人」，「每覺昇元輔」，「覺兒行步奔」，「尚覺王孫貴」，「含悽覺汝賢」，「廚烟覺遠庖」，「詩成覺有神」，「已覺披衣慣」，「自覺酒須賒」，「早覺仲容賢」，「城池未覺喧」，「無人覺來往」，「人才覺弟優」，「直覺巫山暮」，「重覺在天邊」，「行遲更覺仙」，「深覺負平生」，「秋覺追隨盡」，「追隨不覺晚」，「熊羆覺自肥」，「自覺坐能堅」，「已覺良宵永」，「更覺彩衣春」，「已覺氣與嵩華敵」，「未覺千金滿高價」，「梅花欲開不自覺」，「胡來不覺潼關隘」，「自得隋珠覺夜明」，「放箸未覺金盤空」，「東歸貪路自覺難」，「更覺良工心獨苦」，「始覺屏障生光輝」，「不覺前賢畏後生」，「吏情更覺滄洲遠」，「我獨覺子神充實」，「習池未覺風流盡」。用之雖多，然每字命意不同，學者讀之，唯見其新工也。」

王安石曰：老杜之「無人覺來往」，下得「覺」字大好！「暝色赴春愁」，下得「赴」字大好，若下得「見」字「起」字，即是小兒言語，足見吟詩要一字兩字工夫。

豁

五言

野寺江天豁。(遊脩覺寺)
爽氣金天豁。(贈虞十五司馬)
俯見千里豁。(鹿頭山)
高樓憶疏豁。(戲寄崔評事表姪，蘇五表弟，韋大少府諸姪)
坐覺妖氛豁。(北征)
人生意氣豁。(奉贈射洪李四丈)
開襟野堂豁。(晚登瀼上堂)
此志常覬豁。(自京赴奉先縣詠懷五百字)
秀氣豁煩襟。(雲)
扣寂豁煩襟。(舟中苦熱遣懷，呈奉陽中丞通簡臺省諸公)
絕塞豁窮愁。(奉送王信州崟北歸)
高義豁窮愁。(重送劉十弟判官)
攜我豁心胸。(巴西驛亭觀江漲，呈竇十五使君)

焉得豁心胸。(贈蘇四徯)
今朝豁所思。(移居公安敬贈衛大郎鈞)
書此豁平昔。(柴門)
憂來豁蒙蔽。(贈秘書監江夏李公邕)
披豁道吾眞。(奉簡高三十五使君)
披豁雲霄在。(秋月夔府詠懷，奉寄鄭監審，李賓客之芳一百韻)
山豁何時斷。(陪王使君晦日泛江就黃家亭子二首)
敞豁當清川。(寄題江外草堂)

七言

古堂本買藉疏豁。(簡吳郎司法)
神疏意豁眞佳士。(相從行、贈嚴二別駕)
一豁明主正鬱陶。(久雨期王將軍不至)

費

源花費獨尋。(風疾舟中伏枕書懷三十六韻奉呈湖南親友)
爲客費多年。(囘棹)

鵝費羲之墨。（搖落）
費日繫舟長。（冬晚送長孫舍人歸州）

貸

西日不相貸。（醉爲馬墜羣公攜酒相看）

訪

春色豈相訪。（歸燕）

觸

觸熱向武威。（送高三十五書記十五韻）

輸

潛鱗輸駭浪。（秋野五首）

輕

羌女輕烽燧。（寓目）
歌笑輕波瀾。（水會渡）

亂世輕全物。（麂）
世復輕驊騮。（渼陂西南臺）

辭

江月辭風檻。（江邊星月二首）
漠漠春辭木。（客堂）

走

五言

珠玉走中原。（劍門）
江聲走白沙。（禹廟）
血走浚儀渠。（秋日荆南送薛明府辭滿告別，奉寄薛尙書頌德叙懷，斐然之作三十韻）
須爲殿下走。（收京三首）
似聞胡騎走。（遠遊）
憶昨狂催走。（憶弟二首）
終日憂奔走。（愁坐）

時來憩奔走。(大雲寺贊公房四首)

七言

胡騎中宵堪北走。(吹笛)
天子亦應厭奔走。(釋悶)

起

五言

夷陵春色起。(白帝城樓)
鉤簾宿鷺起。(水閣朝霽奉簡雲安嚴明府)
坐觸鴛鴦起。(晚秋陪嚴鄭公摩訶池泛舟,得溪字)
滿谷山雲起。(示姪佐)
峽束滄江起。(秋日夔府詠懷,奉寄鄭監審李賓客之芳一百韻)
蒼生起謝安。(宴王使君宅題二首)
船廻霧起隄。(晚秋陪嚴鄭公摩訶池泛舟得溪字)
孤城笛起愁。(十六夜翫月)

七言

趙公玉立高歌起。（荊南兵馬使太常卿趙公大食刀歌）
早作丞相東山起。（暮秋枉裴道州手札，率爾遣興寄遞，近呈蘇渙侍御）
麄豪且逐風塵起。（青絲）

足

池中足鯉魚。（寄高三十五詹事適）
江天足菱荷。（暮春陪李尚書李中丞過鄭監湖亭泛舟）
家纔足稻粱。（重遊何氏五首）
十八足賓客。（送李校書二十六韻）
崆峒足凱歌。（寄高三十五書記）
蜀都足戎軒。（別李義）
夜足霑沙雨。（老病）

蹴

五言

朝海蹴吳天。（秋日夔府書懷，奉寄鄭監審李尚書之芳一百韻）

高浪蹴天浮。（江漲）

白馬蹴微雪。（遣興）

七言

燕蹴飛花落舞筵。（城西陂泛舟）

送

五言

蕭灑送日月。（自京赴奉先縣詠懷五百字）

滿眼送波濤。（千秋節有感二首）

鶯啼送客聞。（別房太尉墓）

輕舟送別筵。（泛舟送魏十八倉曹還京，因寄岑中允參范郎中季明）

深憑送此生。（水檻遣心一作興二首）

自吟詩送老。（宴王使君宅題二首）

情乖清酒送。（哭臺州鄭司戶蘇少監）

篙師煩爾送。（迴棹）
竹送清溪月。（謁先主廟）
送老白雲邊。（秦州雜詩）

七言

奇祥異瑞爭來送。（洗兵馬）
未辭翦伐誰能送。（古柏行）
耶孃妻子走相送。（兵車行）
野店山樵送馬蹄。（將赴成都草堂，途中有作，先寄嚴鄭公五首）
一聲何處送書雁。（十二月一日三首）
惟待吹噓送上天。（贈獻納使起居田舍人澄）
雷聲忽送千峰雨。（即事）
相送柴門月色新。（南鄰）

連

五言

浮雲連海岱。(登兗州城樓)
野畦連蛺蝶。(陪王使君晦日泛江、就黃家亭子二首)
城欹連粉堞。(峽口二首)
客愁連蟋蟀。(官坐夕坐、戲簡顏十少府)
干戈連解纜。(灩澦堆)
竹風連野色。(遠遊)
塵沙連越嶲。(遠遊)
旁舍連高竹。(陪鄭廣文遊何將軍山林十首)
南紀連銅柱。(公安送李二十九弟晉肅入蜀、余下沔鄂)
江連白帝深。(渝州候嚴六侍御不到、先下峽)
愁連吹笛生。(泛江送客)

七言

鷙鳥舉翮連青雲。(醉歌行)

逼

五言

天闕象緯逼。（遊龍門奉先寺）

形象丹青逼。（贈虞十五司馬）

雲霄今已逼。（奉贈鮮于京兆二十韻）

歲暮飢凍逼。（別贊上人）

翰林逼華蓋。（贈翰林張四學垍）

萬里逼淸明。（熟食日示宗文宗武）

野亭逼湖水。（暫如臨邑至䂬山湖亭，奉懷李員外率爾成興）

萬井逼春容。（巴西驛亭觀江漲，呈竇十五使君二首）

七言

見愁戎馬西戎逼。（諸將五首）

山鬼幽憂雪霜逼。（虎牙行）

過

五言

身輕一鳥過。（送蔡希魯一作曾都尉還隴右，因寄高三十五書記）

愁窺高鳥過。（悲秋）
俊鶻無聲過。（朝二首）
谷鳥鳴還過。（上白帝城二首）
龜開萍葉過。（屛跡二首）
蛟龍引子過。（到村）
驟看浮峽過。（雨）
讀書難字過。（漫成二首）
今春看又過。（絕句二首）
相逢恐恨過。（秋笛）
四十明朝過。（杜位宅守歲）
何事炎天過。（萬丈潭）
步屧宜輕過。（庭草）

七言

雲裏不聞雙雁過。（歲作）
河廣傳聞一葦過。（洗兵馬）

附錄

歐陽修曰：陳從易舍人初得杜集舊本，多脫誤。其送蔡都尉詩云：「身輕一鳥」，其下脫一字。陳公與數客各用一字補之。或云「疾」，或云「落」，或云「起」，或云「下」，其後得善本，乃「身輕一鳥過」。陳歎服，以爲雖一字，諸君亦不能到也。

迥

氣得神仙迥。（奉贈太常張卿垍二十韻）

興趣江湖迥。（西枝村尋置草堂地，夜宿贊公土室二首）

庶結茅茨迥。（渼陂西南臺）

樓角凌風迥。（東樓）

改席臺能迥。（臺上得涼字）

悄然村墟迥。（赤谷）

葭萌氏種迥。（愁坐）

客思迥林坰。（橋陵詩三十韻，因呈縣內諸公）

違

碧草違春意。（秋日寄題鄭監湖上亭三首）

欲雪違胡天。（歸雁二首）

邀

落日邀雙鳥。（秦州雜詩）

追

惜昔好追涼。（羌村三首）

重

五言

烟花山際重。（泛江送客）
十月山寒重。（愁坐）
青女霜楓重。（東屯月夜）
愛客尚書重。（夏夜李尚書筵，送宇文石首赴縣，聯句）
登俎黃甘重。（季秋江村）
霏霏雲氣重。（望兜率寺）

蜀月西霧重。（晚登瀼上堂）
連城爲寶重。（送趙十七明府之任）
魯衞彌珍重。（戲題寄上漢中王三首）
將期一諾重。（敬贈鄭諫議十韻）
骨肉恩書重。（得舍弟消息）
內帛擎偏重。（送許八拾遺歸江寧覲省，甫昔時嘗客遊此縣於許生處，乞瓦棺寺維摩圖樣，志諸篇末）
玆辰南國重。（十月一日）
花重錦官城。（春夜喜雨）

七言

萬牛囘首溪山重。（古柏行）
取樂喧呼覺船重。（陪王侍御同登東山最高頂，宴姚通泉，晚攜酒泛江）

雜

吾甘雜鼃黽。（渼陂西南臺）
川光雜鋒鏑。（白水崔少府十九翁高齋三十韻）

闢

華館闢秋風。（陪鄭公秋晚北池臨眺）

隨

五言

關山隨地闊。（十六夜翫月）
步屧隨春風。（遭田父泥飲，美嚴中丞）
天風隨斷柳。（遣懷）
北風隨爽氣。（衡山送李大夫七丈勉赴廣州）
孤雲隨殺氣。（觀安西兵過赴關中待命二首）
鶯花隨世界。（陪李梓州王閬州蘇遂州李果州使君登惠義寺）
城峻隨天壁。（上白帝城）
才淑隨厮養。（過南岳入洞庭湖）
無復隨高鳳。（贈翰林張四學士垍）
動靜隨所激。（白水崔少府十九翁高齋三十韻）

雲幕隨開府。（送蔡希魯都尉還隴右，因寄高三十五書記）
風雲隨絕足。（行次昭陵）
八駿隨天子。（城上）
畏途隨長江。（白沙渡）
飄蕩隨天風。（遣興三首）
不能隨皂蓋。（戲題寄上漢中王三首）
舒卷隨人輕。（揚旗）
取別隨薄厚。（將適吳楚，留別章使留後，兼幕府諸公得柳字）
吹花隨水去。（絕句三首）
素幔隨流水。（哭嚴僕射歸櫬）
嶺雁隨毫末。（奉觀嚴鄭公廳事岷山沱江畫圖十韻，得忘字）
春草隨青袍。（送重表姪王砅評事使南海）
使者隨秋色。（覆舟二首）
高談隨羽觴。（入衡州）
知汝隨顧盼。（石硯）
隨意數花鬚。（陪李金谷花下飲）

隨意坐莓苔。（陪鄭廣文遊何將軍山林十首）

隨意葛巾低。（課小豎鋤斫舍北果林，枝蔓荒穢，淨訖移牀，三首）

倚杖更隨人。（十七夜對月）

更覺老隨人。（奉酬李都督表丈早春作）

風折旋隨雲。（晨雨）

卽恐岸隨流。（巴西驛亭觀江漲，呈竇十五使君二首）

愁隨舞曲長。（江亭王閬州筵餞蕭遂州）

隨波無限月。（宿白沙驛）

七言

估客船隨返照來。（野老）

棋局動隨幽澗竹。（因許八奉寄江寧旻上人）

已悲素質隨時染。（白絲行）

中有雲氣隨飛龍。（戲題王宰畫山水圖歌）

隱

五言

孤城隱霧深。（野望）

秋竹隱疏花。（溪上）

野寺隱喬木。（謁文公上方）

江潭隱白蘋。（奉送嚴公入朝十韻）

龍堆隱白沙。（過洞庭湖）

琴臺隱絳脣。（贈王二十四侍御契四十韻）

洪濤隱笑語。（幽人）

名賢隱鍛鑪。（過南嶽入洞庭湖）

楓栝一作枯隱奔峭。（次空靈岸）

地坼江帆隱。（曉望）

萬木雲深隱。（雨）

徑隱千重石。（秋野五首）

褥隱繡芙蓉。（李監宅二首）

團團日隱牆。（薄遊）

霧隱平郊樹。（暮寒）

已隱暮雲端。（初月）

七言

山城粉堞隱悲笳。（秋興八首）

香爐峰色隱晴湖。（大覺高僧蘭若）

隘

五言

石門雲雪隘一作溢。（青陽峽）

瑣細隘俗務。（詠懷二首）

湑吾隘世網。（望嶽）

山稠隘石泉。（寄岳州賈司馬六丈巴州嚴八使君兩閣老五十韻）

捫蘿隘先登。（西枝村尋置草堂地，夜宿贊公土室二首）

七言

胡來不覺潼關隘。（諸將五首）

霑

五言

稻粱霑汝在。（花鴨）
何日霑微祿。（重題何氏五首）
微生霑忌刻。（奉贈鮮于京兆二十韻）
醉客霑鸚鵡。（陪柏中丞觀宴將士二首）
暮秋霑物冷。（雨四首）
幾回霑葉露。（樹間）
此時霑奉引。（寄岳州賈司馬六丈，巴州嚴八使君兩閣老五十韻）
雨來霑席上。（陪諸貴公子丈八溝攜妓納涼，晚際遇雨二首）
秋日新霑影。（雨四首）
霜露一霑凝。（除草）
忍淚已霑衣。（九日諸人集於林）
奏苦血霑衣。（秋笛）
霑衣問行在。（送李瞱卿）

霑衣皓首嗁。（散愁二首）
霑灑裛新詩。（寄杜位）
衣霑春雨時。（大雲寺贊公房四首）
仍霑楚水還。（承聞故房相公靈櫬自閬州啓殯，歸葬東都有作二首）
輕霑鳥獸羣。（晨雨）
庭幽過雨霑。（晚晴）
虛蒙清露霑。（嚴鄭公階下新松，得霑字）

七言

身過花間霑濕好。（崔評事弟許相迎不到，應慮老夫見泥雨怯出，必愆佳期，走筆戲簡）
思霑道暍黃梅雨。（多病執熱，奉懷李尚書之芳）

風

五言

風扉掩不定。（雨）
風幔不依樓。（西閣口號，呈元二十一）

風簾自上鈎。（月）
風帆數驛亭。（喜覲卽到復題短篇二首）
風花高下飛。（寒食）
風前竹徑斜。（草堂卽事）
風門颯沓開。（熱）
風生錦綉香。（陪王使君晦日泛江，就黃家亭子二首）
風起春燈亂。（船下夔州郭宿，雨濕不得上岸別王十二判官）
風牀展書卷。（水閣朝霽，奉簡雲安嚴明府）
風吹花片片。（城上）
風亂平沙樹。（雨）
風連西極動。（秦州雜詩）
風蝶勤依槳。（行次古城店汎江作，不揆鄙拙，奉呈江陵幕府諸公）
風鳴排檻旗。（隨章留後新亭會送諸君）
風輕粉蝶喜。（敝廬遣興，奉寄嚴公）
風牀展書卷。（水閣朝霽，奉簡雲安嚴明府）
風鴛藏靜渚。（朝雨）

天淸風捲幔。（傷春五首）
疊吼風奔浪。（暫如臨邑至㟙山湖亭奉懷李員外率爾成興）

七言

風江颯颯亂帆秋。（簡吳郎司法）
風含翠篠娟娟淨。（狂夫）
風燈照夜欲三更。（漫成一首）
風妬紅花却倒吹。（風雨看舟前落花，戲爲新句）
廻風颯颯吹沙塵。（觀打魚歌）
江風蕭蕭雲拂地。（發閬中）
秋風嫋嫋動高旌。（奉和嚴鄭公軍城早秋）

附錄

黃白山曰：杜詩吟風之句，如「風扉掩不定」，「風幔不依樓」，「風簾自上鈎」，「風前竹徑斜」，皆畫風手也。

靜

五言

月明遊子靜。（宿青溪驛，奉懷張員外十五兄之緒）
月出山更靜。（西枝村尋置草堂地，夜宿贊公土室二首）
遠鷗浮水靜。（春歸）
花濃春寺靜。（上牛頭寺）
中夜江山靜。（中夜）
始爲江山靜。（園）
月臨公館靜。（嚴公廳宴，同詠蜀道地圖，得空字）
巴山春色靜。（傷春五首）
所居秋草靜。（秦州雜詩）
虛白高人靜。（歸）
胸襟日沈靜。（贈司空王公思禮）
爽合風襟靜。（月三首）
老來苦便靜。（渼陂西南臺）
沈沈春色靜。（暮寒）
未缺空山靜。（月圓）

抱葉寒蟬靜。（秦州雜詩）
鸛鶴追飛靜。（宿江邊閣）
四郊未寧靜。（垂老別）
論兵遠壑靜。（送韋十六評事充同谷防禦判官）
會待妖氛靜。（寄彭州高三十五使君適，虢州岑二十七長史參三十韻）
漢陽頗寧靜。（別董頲）
黃霸鎮每靜。（故右僕射相國張公九齡）
逶迤白日靜。（近聞）
方行郴岸靜。（聶耒陽以僕阻水，書致酒肉，療飢荒江，詩得代懷，興盡本韻）

七言

落花游絲白日靜。（題省中院壁）
渭水逶迤白日靜。（近聞）
愛汝玉山草堂靜。（崔氏東山草堂）
蒼苔濁酒林中靜。（絕句漫興九首）
沙頭宿鷺連拳靜。（漫成一首）

千崖無人萬壑靜。（惜昔行）

男呻女吟四壁靜。（寓居同谷縣，作歌七首）

五言

樓靜月侵門。（西閣夜）

野靜白鷗來。（朝二首）

影靜千官裏。（喜達行在所三首）

賞靜憐雲竹。（徐九少尹見過）

好靜心跡素。（西枝村尋置草堂地，夜宿贊公土室二首）

鎮靜示專征。（奉送郭中丞兼太僕卿，充隴右節度使三十韻）

動靜隨所激。（白水崔少府十九翁高齋三十韻）

聽詩靜夜分。（陪鄭廣文遊何將軍山林十首）

月彩靜高深。（送嚴侍郎到綿州，同登杜使君江樓宴得心字）

陰色靜隴畝。（大雨）

潤色靜書帷。（雨四首）

音書靜不來。（雲山）
從容靜塞塵。（奉送嚴公八朝十韻）
足以靜風塵。（觀安西兵過赴關中待命二首）
雲沙靜渺然。（峽隘）
江流靜猶湧。（晚登瀼上堂）
樹羽靜千里。（山寺）
卜居期靜處。（舍弟觀歸藍田迎新婦，送示二首）
長吟阻靜便。（岳州賈司馬六丈，嚴八使君兩閣老五十韻）
秋風灑靜便。（秋月夔府詠懷，奉寄鄭監審李賓客之芳一百韻）
靜者心多妙。（寄張十二山人彪三十韻）
靜求元精理。（病柏）

七言

千家山郭靜朝暉。（秋興八首）
江亭晚色靜年芳。（曲江對雨）
青山萬重靜散地。（寄柏學士林居）

黃牛峽靜灘聲轉。（送韓十四江東省親）
興王會靜妖氛氣。（承聞河北諸道節度入朝歡喜口號絕句十二首）
近靜潼關掃蜂蟻。（青絲）

駐

五言

藥餌駐修軫。（贈鄭十八賁）
殘孽駐艱虞。（過南嶽入洞庭湖）
東藩駐皂蓋。（陪李北海宴歷下亭）
松林駐遠情。（西閣雨望）
況難駐羲和。（別唐十五誡因寄禮部賈侍郎）
風塵豈駐顏。（奉陪鄭駙馬韋曲二首）
駐屐近微香。（秋野五首）

七言

爐烟細細駐遊絲。（宣政殿退朝晚出口號）

駕

長風駕高浪。（龍門閣）
茅軒駕巨浪。（水檻）
積水駕三峽。（別蔡十四著作）
黃牛平駕浪。（寄李十四員外郎布二十韻）

驅

開襟驅瘴癘。（秋日夔府詠懷，奉寄鄭監審李賓客之芳一百韻）
廻首驅流俗。（上韋左相二十韻）
使君高義驅今古。（將赴荆南，寄別李劍州）

駛

汩汩松上駛。（雨）

任

五言

泥塗任此身。（送陵州路使君之任）
無家任老身。（不離西閣二首）
誅茅任薄躬。（天池）
清羸任體孱。（秋日夔府詠懷，奉寄鄭監審，李賓客之芳，一百韻）
長貧任婦愁。（屏跡二首）
虛懷任屈伸。（贈王二十四傳御契四十韻）
歸老任乾坤。（贈比部蕭郎中十九）
富貴任生涯。（柴門）
飄零任轉蓬。（客亭）
搖落任江潭。（朝二首）
扁舟任往來。（秋日荊南述懷三十韻）
酩酊任扶還。（宴王使君宅題二首）
頻遊任履穿。（春日江村五首）
飄轉任浮生。（入宅三首）
井竈任塵埃。（詠懷）
北闕任羣兇。（傷春五首）

斤斧任樵童。（遣悶奉呈嚴公二十韻）
失水任呼號。（鸂鶒）
吹毛任選將。（冬晚送長孫漸舍人歸州）
此生任春草。（贈翰林張四學士垍）
忘情任榮辱。（寫懷二首）
龐公任本性。（昔遊）
他皆任厚地。（白鹽山）
爛漫任遠適。（驅豎子摘蒼耳）
冥冥任所往。（通泉縣署屋壁後薛少保畫鶴）
紅鮮任霞散。（行官張望補稻畦水歸）
常時任顯晦。（天河）
飛霜任青女。（秋野五首）
樂任主人爲。（宴戎州楊使君東樓）
應任老夫傳。（奉贈嚴八閣老）
風生一任飄。（鷗）
任受衆人咍。（秋日荆南述懷三十韻）

七言

地分南北任流萍。（嚴中丞枉駕見過）

堂前撲棗任西鄰。（又呈吳郎）

濁醪麤飯任吾年。（清明二首）

赤霄玄圃任往來。（赤霄行）

一生喜怒常任眞。（狂歌行，贈四兄）

附錄

黃徹曰：「霄漢瞻佳士，泥塗任此身」。只「任」字即人不到處。自衆人必曰嘆，曰愧，獨無心任之。所謂視如浮雲，不易其介者也。繼云：「秋天正搖落，回首大江濱。」大知並觀，傲睨天地，汪洋萬頃，奚足云哉！

信

五言

作客信乾坤。（刈稻了詠懷）

痛飲信行藏。（壯遊）

吟詩信杖扶。（徐步）

鞍馬信清秋。（舍弟觀歸藍田迎新婦，送示二首）

冥搜信客旌。（贈鄭諫議）

七言

兒童莫信打慈鴉。（題桃樹）

春風自信牙檣動。（城西陂泛舟）

附錄

杜詩「信」字，多作「任」字解。

自

五言

棟宇自齊梁。（上兜率寺）

虛閣自松聲。（滕王亭子二首）

孤槎自客星。（宿白沙驛）

他山自有春。（鄠城西原送李判官兄，武判官弟，赴成都府）

臥柳自生枝。（過故斛斯校書莊二首）

川雲自去留。（遊脩覺寺）
過隴自艱難。（夕烽）
巴俗自爲鄰。（與嚴二郎奉禮別）
水鳥自孤飛。（送何侍御歸朝）
烏鵲自多驚。（翫月呈漢中王）
失侶自迍邅。（寄岳州賈司馬六丈，巴州嚴八使君兩閣老五十韻）
青山自一川。（鄭典設自施州歸）
千巖自崩奔。（木皮嶺）
逝水自朝宗。（又上後園山脚）
風月自清夜。（日暮）
吾徒自飄泊。（宴王使君宅題二首）
濁醪自初熟。（泛溪）
葉葉自開春。（柳邊）
村村自花柳。（遭田文泥飲，美嚴中丞）
手板自朝朝。（西閣三度期大昌嚴明府同宿不到）
八月自知歸。（歸燕）

高城秋自落。（晚秋陪嚴鄭公摩訶池泛舟，得溪字）
關山空自寒。（初月）
江風亦自波。（江梅）
故園花自發。（憶弟二首）
寒城菊自花。（遣懷）
千山空自多。（征夫）
窮愁且自寬。（重簡王明府）
山花已自開。（早花）
春光花自濃。（傷春五首）
纖絺恐自疑。（雨）
暗飛螢自照。（倦夜）
百年歌自苦。（南征）
濟江元自濶。（行次古城店汎江作，不揆鄙拙，奉呈江陵幕府諸公）
天河原自白。（江邊星月二首）
龍蛇只自深。（憶鄭南）
熊羆覺自肥。（晚晴）

七言

西蜀櫻桃也自紅。（野人送朱櫻）

高棟曾軒已自涼。（七月一日題終明府水樓二首）

五陵裘馬自輕肥。（秋興八首）

映階碧草自春色。（蜀相）

朝夕催人自白頭。（和裴迪登蜀州東亭送客，逢早梅，相憶見寄）

附錄

葛立方曰：老杜寄身於兵戈騷屑之中，感時對物，則悲傷係之，如「感時花濺淚」是也。故作詩多用一「自」字。田父招飲詩云：「步屧隨春風，村村自花柳」，遣懷詩云：「愁眼看霜露，寒城菊自花」，憶弟詩云：「故園花自發，春日鳥還飛」，日暮詩云：「風月自淸夜，江山非故園」，滕王亭子云：「古牆猶竹色，虛閣自松聲」，言人情對景，自有悲喜，而初不能累無情之物也。

葉夢得曰：詩人以一字爲工，世固知之。惟老杜變化開闔，出奇無窮，殆不可以形迹捕。如「江山有巴蜀，棟宇自齊梁」，遠近數千里，上下數百年，只在「有」與「自」兩字間，而呑吐山川之氣，俯仰古今之懷，皆見於言外。滕王亭子：「粉牆猶竹色，虛閣自松聲」，若不用「猶」與「自」兩字，則餘八言凡亭子皆可用，不必滕王也。此皆工妙至到，人力不可及，而此老獨雍容閒肆，出於自然，略不見用力處。今人多取其已用字，模仿用之，偃蹇狹陋，盡成死法，不知意與境會，言中其節，凡字皆可用也。

與

江與放船清。（移居夔州作）
地與山根裂。（瞿唐懷古）
國與大名新。（奉賀陽城郡王太夫人恩命加鄧國太夫人）
還與舊烏啼。（出郭）
更與萬方初。（收京三首）
色與春庭暮。（得舍弟消息）
可與春風歸。（奉送魏六丈佑少府之交廣）
興與烟霞會。（嚴公廳宴同詠蜀道地圖，得空字）
衣裳與釣翁。（陪鄭公秋晚北池臨眺）
滄溟與筆力。（殿中楊監見示張旭草書圖）
塞雁與時集。（登舟得適漢陽）
爲恨與年深。（又示兩兒）
鄰舍與園蔬。（酬高使君相贈）
接近與名藩。（送鮮于萬州遷巴州）

書籍終相與。（贈虞十五司馬）

敢

五言

敢恨省郎遲。（夔府書懷四十韻）
敢辭微命休。（鳳凰臺）
敢近太陽飛。（螢火）
敢使依舊邱。（除草）
敢忘帝力勤。（別蔡十四著作）
敢辭茅葦漏。（大雨）
敢違漁父問。（陪裴使君登岳陽樓）
敢論才見忌。（徐步）
敢料安危體。（傷春五首）
敢爲故林主。（四松）
濟時敢愛死。（歲暮）
君辱敢愛死。（壯遊）

世亂敢求安。（移居公安山館）
盜賊敢忘憂。（村雨）
見日敢辭遲。（遣興）
四座敢辭喧。（贈虞十五司馬）
宴息敢輕侮。（太平寺泉眼）
遲暮敢失墜。（送顧八分文學適洪吉州）
舟楫敢不繫。（宿鑿石浦）
不敢廢詩篇。（歸）
不敢強爲容。（庭草）
不敢要佳句。（偶題）
不敢恨庖廚。（麂）
不敢恨危途。（北風）
未敢背恩私。（對雨）
未敢辭路難。（寒峽）
百年不敢料。（龍門閣）
衰年不敢恨。（入宅三首）

冗長吾敢取。（奉贈李八丈曛判官）

風塵病敢辭。（寄杜位）

百靈未敢散。（贈蘇大侍御）

草元吾豈敢。（酬高使君相贈）

七　言

敢望宮恩玉井冰。（多病執熱，奉懷李尚書）

竹石如山不敢安。（絕句四首）

我行怪此安敢出。（乾元中寓居同谷縣作歌七首）

且

五　言

奴僕且旌旗。（避地）

他鄉且定居。（得家書）

飄泊且聽歌。（泛江）

飄零且釣緡。（謁先主廟）

憂端且歲時。(得舍弟消息二首)
有情且賦詩。(四松)
南征且未廻。(發白馬潭)
句漏且南征。(奉送二十三舅錄事之攝郴州)
日暮且踟躕。(贈韋左丞丈濟)
率府且消遙。(官定後戲贈)
殊恩且列卿。(奉送郭中丞兼太僕卿,充隴右節度使三十韻)
羸瘠且如何。(詠懷二首)
粉墨且蕭瑟。(畫鶻行)
江山且相見。(逢唐興劉主簿弟)
帶甲且未釋。(白水崔少府十九翁高齊三十韻)
且復傷其寒。(垂老別)
且復尋諸孫。(示從孫濟)
且復過一作遇炎涼。(雙燕)
且爲辛苦行。(贈李十五丈別)
且無鷹隼慮。(鸂鶒)

且食雙魚美。（李監宅二首）

七　言

且盡芳樽戀物華。（曲江陪鄭八丈南史飲）
且休悵望看春水。（官池春雁二首）
且看欲盡花經眼。（曲江二首）
將軍且莫破愁顏。（諸將五首）
教兒且覆掌中杯。（小至）
鳳翔千官且飽飯。（徒步歸行）
近市浮烟翠且重。（暮登四安寺鐘樓，寄裴十迪）

雖

五　言

雖無新增修。（九成宮）
雖無南過雁。（酬韋韶州見寄）
雖無舅姑事。（牽牛織女）

雖有古殿存。（山寺）

雖當霰雪嚴。（別張十三建封）

雖倚三堦正。（建都十二韻）

雖從本州役。（無家別）

雖傷旅寓遠。（發秦州）

雖悲鬒髮變。（昔遊）

雖對連山好。（觀李固請司馬弟山水圖三首）

雖衆亦易朽。（枯椶）

馮唐雖晚達。（續得觀書，迎就當陽居止，正月中旬，定出三峽）

劉表雖遺恨。（寄彭州高三十五使君適，虢州岑二十七長史參三十韻）

衡山雖小邑。（題衡山縣文宣王廟新學堂，呈陸宰）

玉壘雖傳檄。（警急）

澤國雖勤雨。（水宿遣興，奉呈羣公）

密雲雖聚散。（七月三日亭午已後，熱校退，晚加小涼，穩睡有詩，因論壯年樂事，戲呈元二十一曹長）

碧澗雖多雨。（到村）

世路雖多梗。（春歸）

柴扉雖蕪沒。（宿花石戍）

草茅雖薙葺。（營屋）

有客雖安命。（贈韋左丞文濟）

雜種雖高壘。（秦州見勅目，薛三璩授司議郎，畢四曜除監察，與二子有故，遠喜遷官，兼述索居，凡三十韻）

賢良雖得祿。（種萵苣）

使者雖光彩。（送李功曹之荊州，充鄭侍御判官，重贈）

干戈雖橫放。（喜晴）

入舟雖苦熱。（舟中苦熱遣懷，奉呈陽中丞，通簡臺省諸公）

長者雖有問。（兵車行）

往往雖相見。（贈王二十四侍御契四十韻）

庾信哀雖久。（上兜率寺）

甲卒身雖貴。（大曆三年春，白帝城放船，出瞿唐峽，久居夔府，將適江陵，漂泊有詩，凡四十韻）

許與才雖薄。（哭臺州鄭司戶蘇少監）

我雖消渴甚。（別蔡十四著作）

子雖軀幹小。（送韋十六評事充同谷防禦判官）

七言

卽防遠客雖多事。（又呈吳郞）
英雄割據雖已矣。（丹靑引贈曹將軍霸）
江邊老病雖無力。（中丞嚴公雨中垂寄見憶一絕，奉答二絕）
朝廷雖無幽王禍。（冬狩行）
雖同君臣有舊禮。（杜鵑行）

豈

五言

豈惟粉墨新。（通泉縣署屋壁後薛少保畫鶴）
豈惟數盤飧。（別李義）
豈惟入吾廬。（溪漲）
豈惟長兒童。（將適吳楚，留別章使君留後，兼幕府諸公，得柳字）
豈惟高衞霍。（秋日荊南送石首薛明府辭滿告別，奉寄薛尙書頌德敍懷，斐然之作，三十韻）
豈惟干戈哭。（課伐木）

豈惟清溪上。（破船）
豈惟偃甲兵。（同元使君春陵行）
豈惟無釣舟。（除草）
豈無青精飯。（贈李白）
豈無平肩輿。（雨）
豈無一日還。（遣興三首）
豈無柴門歸。（遣興三首）
豈無濟時策。（遣興五首）
豈無成都酒。（贈左僕射鄭國公嚴公武）
豈無嵇紹血。（傷春五首）
豈知千年根。（病柏）
豈知牙齒落。（春日江村五首）
豈知秋禾登。（自京赴奉先縣，詠懷五百字）
豈知英雄主。（後出塞五首）
豈知臺閣舊。（別蘇徯）
豈知身效能。（櫻拂子）

豈徒卹備享。（橋陵詩三十韻，因呈縣內諸官）
豈徒比清流。（鳳凰臺）
豈復慰老夫。（發秦州）
豈復憂西都。（潼關吏）
豈非吾道東。（贈蘇四徯）
豈獨勸後世。（贈秘書監江夏李公邕）
豈獨聽簫韶。（有感五首）
豈若歸吾廬。（五盤）
豈但江曾決。（贈崔十三評事公輔）
豈敢惜凋殘。（廢畦）
豈辭青鞋胝。（昔遊）
豈暇相扶持。（詠懷二首）
豈料沈與浮。（送韋十六評事充同谷防禦判官）
豈意賊難料。（新安吏）
豈異神仙宅。（寄彭州高三十五使君適，虢州岑二十七長史參三十韻）
豈食楚江萍。（奉酬薛十二丈判官見贈）

豈擇衰老一作盛端。（垂老別）

豈特一知己。（聽揚氏歌）

豈識悔吝先。（寄題江外草堂）

豈伊山川間。（閬州東樓筵，奉送十一舅往靑城，得昏字）

豈能達詞門。（贈蜀僧閭邱師兄）

豈是池中物。（上韋左相二十韻）

豈止存其皮。（病橘）

拖玉豈吾身。（秋日寄題鄭監湖上亭三首）

儒術豈謀身。（獨酌成詩）

移官豈至尊。（至德二載，甫自京金光門出，間道歸鳳翔，乾元初從左遺拾移華州掾，與親故別，因出此門，有悲往事）

風塵豈駐顏。（春陪鄭駙馬韋曲二首）

世業豈沈淪。（奉寄李十五秘書文嶷二首）

窮愁豈自寬。（重簡王明府）

一諾豈驕矜。（贈特進汝陽王二十韻）

我饑豈無涯。（喜晴）

樵舟豈伐枚。（雨）
此輩豈無秋。（種萵苣）
高臥豈泥蟠。（宴王使君宅題二首）
偶然豈足期。（送殿中揚監赴蜀見相公）
柴門豈重過。（懷錦水居止二首）
計大豈輕論。（建都十二韻）
主憂豈濟時。（客堂）
胡羯豈強敵。（白水崔少府十九翁高齋三十韻）
及關豈信宿。（三川觀水漲二十韻）
盡室豈相偶。（述懷）
達生豈是足。（遣興五首）
春色豈相訪。（歸燕）
毛骨豈殊衆。（病馬）
明府豈辭滿。（北鄰）
衰容豈壯夫。（贈韋左丞丈濟）
衰容豈爲斂。（贈鄭十八賁）

泥塗豈殊玉。(奉送二十三舅錄事崔偉之攝郴州)
歸期豈爛漫。(送李校書二十六韻)
宣風豈專達。(鹿頭山)
身退豈待官。(渼陂西南臺)
筋力豈能及。(早發射洪縣南，途中作)
弱質豈自負。(嚴鄭公堦下新松，得霑字)
幽尋豈一路。(西技村尋置草堂地，夜宿贊公土室二首)
理亂豈恒數。(宿花石戍)
整翮豈多身。(百舌)
饑飽豈可逃。(飛仙閣)
構廈豈云缺。(自京赴奉先縣，詠懷五百字)
恩豈布衣忘。(承沈八丈東美除膳部員外郎阻雨未遂馳賀奉寄此詩)
名豈文章著。(旅夜書懷)
味豈同金菊。(佐還山後寄三首)
君豈棄此物。(自京赴奉先縣，詠懷五百字)
煩促瘴豈侵。(早發)

流寓理豈愜。（橋陵詩三十韻，因呈縣內諸官）
骨肉恩豈斷。（前出塞九首）
草玄吾豈敢。（酬高使君相贈）

七言

豈有文章驚海內。（賓至）
豈有四蹏疾於鳥。（驄馬行）
豈意出守江城居。（寄岑嘉州）
豈思昔日居深宮。（杜鵑行）
豈可久在王侯間。（去矣行）
豈憶當殿羣臣趨。（杜鵑行）
豈傍青門學種瓜。（曲江陪鄭八丈南史飲）
豈知驅車復同軌。（湖城東遇孟雲卿，復歸劉顥宅宿，宴飲散因爲醉歌）
豈免溝壑常漂漂。（嚴氏溪放歌行）
豈謂盡煩回紇馬。（諸將五首）
豈聞一絹值萬錢。（憶昔二首）

豈但祁岳與鄭虔。（奉先劉少府新畫山水障歌）
豈因格鬥求龍駒。（別惜行，送劉僕射判官）
雲雨荒臺豈夢思。（詠懷古跡五首）
人生歡會豈有極。（陪王侍御同登東山最高頂，宴姚通泉，晚攜酒泛江）
青青不朽豈楊梅。（憑韋少府班覓松樹子栽）
根斷泉源豈天意。（枏樹爲風雨所拔歎）
明月無瑕豈容易。（可歎）
汝等豈知蒙帝力。（洗兵馬）
苦心豈免容螻蟻。（古栢行）
邂逅豈卽非良圖。（今夕行）
國家成敗吾豈敢。（寄韓諫議注）
此豈有意仍騰驤。（瘦馬行）

而

而今異楚蜀。（客堂）
而多楓樹林。（過津口）

飛雨靄而至。（雨）

而無車馬喧。（贈蜀僧閭丘師兄）

而無人事喧。（閬州東樓筵奉送十一舅往青城，得昏字）

也

五言

白也詩無敵。（春日憶李白）

甫也南北人。（謁文公上方）

結也實國楨。（同元使君春陵行）

多病也身輕。（漫成二首）

青袍也自公。（遣悶，奉呈嚴公二十韻）

武功少也賤。（故秘書少監武功蘇公源明）

也復可憐人。（雨過蘇端）

七言

甫也諸侯老賓客。（醉爲馬墜，羣公攜酒相看）

在於甫也何由羡。（病後，過王倚飲贈歌）

潮也奄有二子成。（李潮八分小篆歌）

也霑新國用輕刑。（題鄭十八作文）

矣

五言

翠華森遠矣。（夔府書懷四十韻）

古人稱逝矣。（寄岳州賈司馬六丈，巴州嚴八使君兩閣老五十韻）

嘉生將已矣。（種萵苣）

素業行已矣。（秋日荊南述懷三十詠）

年華紛已矣。（寄峽州劉伯華使君四十韻）

乘黃已去矣。（遺興）

七言

眼中之人吾老矣。（短歌行，贈王郎司直）

附錄

仇兆鰲曰：詩句中用虛字，貴乎逸而有致。謝朓詩「去矣方滯淫，懷哉罷歡宴。」不如老杜「去年英雄事，荒哉割據心。」更有遠神。又詩「古人稱逝矣，吾道卜終焉。」說得韻趣。鮑明遠詩「傷哉良永矣。」黃山谷詩「得也自知之。」非不流利，但不如杜之俊逸耳。若東坡詩「倦客再遊行老矣，高僧一笑故依然。」方是善於摹杜。

爾（汝）

五言

濁醪誰造汝。（落日）
無情移得汝。（梔子）
稻粱霑汝在。（花鴨）
乘爾亦已久。（病馬）
充庖爾輩堪。（雞）
爾獨近高天。（白鹽山）
忘形到爾汝。（醉時歌）

七言

滄江白髮愁看汝。（見螢火）

汝與山東李白好。（蘇端薛復筵簡薛華醉歌）

送汝維舟惜此筵。（公安送韋二少府匡贊）

委棄非汝能周防。（瘦馬行）

爾豈摧殘始發憤。（杜鵑行）

附錄

孫奕曰：爾汝羣物，前此未有，倡自少陵。

平生

平生江海興。（南池）

平生江海心。（破船）

平生耽勝事。（不離西閣二首）

平生白羽扇。（故司徒李公光弼）

平生滿樽酒。（故秘書少監武功蘇公源明）

平生一釣舟。（秋日寄題鄭監湖上亭三首）

不肯

五言

秋天不肯明。（客夜）

江平不肯流。（陪王使君泛舟）

干戈不肯休。（復愁十二首）

王母不肯收。（奉同郭給事湯東靈湫作）

王室不肯微。（舟中苦熱遣懷，奉呈陽中丞，通簡臺省諸公）

壯心不肯已。（戲贈友二首）

不肯妄行役。（鄭典沒自施州歸）

七言

巢父掉頭不肯住。（送孔巢父謝病歸遊江東兼呈李白）

祖跣不肯成梟盧。（今夕行）

貳、遣詞

一、類別

抒情（情景交融）語

五言

感時花濺淚，恨別鳥驚心。（春望）

曉鶯工迸淚，秋月解傷神。（贈王二十四侍御四十韻）

江山且相見，戎馬未安居。（逢唐興劉主簿弟）

天地身何往，風塵病敢辭。（寄杜位）

風塵爲客日，江海送君情。（送元二適江左）

風塵淹別日，江漢失清秋。（第五弟豐獨在江左，近三四載，寂無清息，覓使寄此二首）

身世雙蓬鬢，乾坤一草亭。（暮春題瀼西新賃草屋五首）

百年雙白鬢，一別五秋螢。（戲題上漢中王三首）

萬象皆春氣，孤槎自客星。（宿白沙驛）

別筵花欲暮，春日鬢俱蒼。（送韋郎司直歸成都）
日長惟燕雀，春遠獨柴荊。（春遠）
帝鄉愁緒外，春色淚痕邊。（泛舟送魏十八倉曹還京，因寄岑中允參，范中郎季明）
春知催柳別，江與放船淸。（移居夔州作）
離亭非舊國，春色是他鄉。（江亭王閬州筵，餞蕭遂州）
天下兵雖滿，春光日自濃。（傷春五首）
故國猶兵馬，他鄉亦鼓鼙。（出郭）
皇輿三極北，身事五湖南。（樓上）
天邊長作客，老去一霑巾。（江月）
轉添愁伴客，更覺老隨人。（奉酬李督督表丈早春作）
長爲萬里客，有愧百年身。（中夜）
一時今夕會，萬里故鄉情。（季秋蘇五弟纓江樓夜宴崔十三評事韋小府姪三首）
乾坤萬里眼，時序百年心。（春日江村五首）
寇盜狂歌外，形骸痛飲中。（陪章留後侍御宴南樓，得風字）
淹留問耆老，寂寞向山河。（過宋員外之問舊莊）
追歡筋力異，望遠歲時同。（九日登梓州城）

客愁連蟋蟀，亭古帶蒹葭。（官亭夕坐，戲簡顏十少府）
即今螢已亂，好與雁同來。（舍弟觀歸藍田迎新婦，送示二首）
清秋便寓直，列宿頓輝先。（承沈八丈東美除膳部員外郎，阻雨未遂馳賀，奉寄此詩）
綠樽須盡日，白髮好禁春。（奉陪鄭駙馬韋曲二首）
樂極傷頭白，更長愛燭紅。（酬孟雲卿）
髮少何勞白，顏衰更肯紅。（寄司馬山人十二韻）

七言

時危兵革黃塵裏，日短江湖白髮前。（公安送韋二少府匡贊）
自知白髮非春事，且盡芳樽戀物華。（曲江陪鄭八丈南史飲）
苦遭白髮不相放，羞見黃花無數新。（九日）
路經灩澦雙蓬鬢，天入滄浪一釣舟。（將赴荊南寄別李劍州）
細草留連侵坐軟，殘花悵望近人開。（又送）
側身天地更懷古，回首風塵甘息機。（將赴成都草堂，途中有作，先寄嚴鄭公五首）
風吹客衣日杲杲，樹攪離思花冥冥。（醉歌行）
竹葉於人既無分，菊花從此不須開。（九日五首）

殊方日落元猿哭，故國霜前白雁來。（九日五首）
他鄉就我生春色，故國移居見客心。（舍弟觀赴藍田取妻子到江陵，喜寄）
萬里秋風吹錦水，誰家別淚濕羅衣。（黃草）
長路關心悲劍閣，片雲何意傍琴臺。（野老）
三年笛裏關山月，萬國兵前草木風。（洗兵馬）

狀景語

曉

寒沙蒙薄霧，落月去淸波。（將曉）
早霞隨類影，寒水各依痕。（冬深）
日出寒山外，江流宿霧中。（客亭）
高峯寒上日，疊嶺宿霾雲。（曉望）
野人時獨往，雲木曉相參。（望二首）
寒風疏草木，旭日散雞豚。（刈稻了詠懷）
寒日出霧遲，淸江轉山急。（早發射洪縣南，途中作）

暮

地卑荒野大，天遠暮江遲。（遣興）

晚涼看洗馬，森木亂鳴蟬。（與任城許主簿遊南池）

深山催短景，喬木易高風。（向夕）

落日邀雙鳥，晴天卷一作養片雲。（秦州雜詩）

已低魚復暗，不盡白鹽孤。（反照）

秋花危石底，晚景臥鐘邊。（秦州雜詩）

落霞沈綠綺，殘月壞金樞。（大歷三年春，白帝城放船，出瞿唐峽，久居夔府，將適江陵，漂泊有詩，凡四十韻）

水花寒落岸，山鳥暮過庭。（獨坐二首）

小市常爭米，孤城早閉門。（題忠州龍興寺所居院壁）

晚照斜初徹，一作散，浮雲薄未歸。（晚晴）

清暉回羣鷗，暝色帶遠客。（石櫃閣）

夜（月）

五言

星垂平野濶，月湧大江流。（旅夜書懷）

飛星過水白，落月動沙虛。（中宵）

入簾殘月影，高枕遠江聲。（客夜）

片雲天共遠，永夜月同孤。（江漢）

魚龍迴夜水，星月動秋山。（草閣）

月明垂葉露，雲逐度溪風。（秦州雜詩）

陰壑生虛籟，月林散清影。（遊龍門奉先寺）

關山隨地濶，河漢近人流。（十六夜翫月）

石亂上雲氣，杉清延月華。（柴門）

山虛風落石，樓靜月侵門。（西閣夜）

氣沉全浦暗，輪仄半樓明。（八月十五夜月二首）

江動月移石，溪虛雲傍花。（絕句五首）

若無青嶂月，愁殺白頭人。（月三首）

衣上見新月，霜中登故畦。（泛溪）

燈光散遠近，月彩靜高深。（送嚴侍郎到綿州，同登杜使君江樓宴，得心字）

寒氷爭薄倚，星月遞微明。（宿青草湖）

七言

五更鼓角聲悲壯，三峽星河影動搖。（閣夜）

客子入門月皎皎，誰家擣練風淒淒。（暮歸）

無月

重露成涓滴，稀星乍有無。（倦夜）

春色浮天外，天河宿殿陰。（望牛頭寺）

暗水流花徑，春星帶草堂。（夜宴左氏莊）

晴

五言

花遠重重樹，雲輕處處山。（涪江泛舟送韋班歸京得山字）

野潤烟光薄，沙暄日色遲。（後遊）

汀烟輕冉冉，竹日淨暉暉。（寒食）

竹光團野色，舍影漾江流。（屏跡三首）

夕陽薰細草，江色映疏簾。（晚晴）
和風引桂楫，春日漲雲岑。（過津口）
峽雲籠樹小，湖日蕩船明。（送段功曹歸廣州）
步屧隨春風，村村自花柳。（遭田父泥飲，美嚴中丞）
青春猶無私，白日亦偏照。（次空靈岸）

七言

松浮欲盡不盡雲，江動將崩未崩石。（閬山歌）
正憐日破浪花出，更復春從沙際歸。（閬水歌）

雨

五言

烟添纔有色，風引更如絲。（雨）
細雨魚兒出，微風燕子斜。（水檻遣心二首）
野雲低渡水，簷雨細隨風。（陪章留後侍御宴南樓，得風字）
震雷翻幕燕，驟雨落河魚。（對雨書懷，走邀許主薄）

雨荒深院菊，霜倒半池蓮。（宿贊公房）
樹溼風涼進，江喧水氣浮。（立秋雨，院中有作）
簷雨亂淋幔，山雲低度牆。（秦州雜詩）
塞門風落木，客舍雨連山。（秦州雜詩）
片片水上雲，蕭蕭沙中雨。（雨二首）

七言

林花着雨燕支溼，水荇牽風翠帶長。（曲江對雨）
雷聲忽送千峯雨，花氣渾如百和香。（即事）

雨霽

江虹明遠飲，峽雨落餘飛。（晚晴）

夜雨

風起春燈亂，江鳴夜雨懸。（船下夔州郭宿，雨溼不得上岸，別王十二判官）
野徑雲俱黑，江船火獨明。（春夜喜雨）
村春雨外急，鄰火夜深明。（村夜）

雪

雪裏江船渡，風前竹徑斜。（草堂卽事）
雪籬梅可折，風榭柳微舒。（將別巫峽，贈南卿兄瀼西果園四十畝）
雪樹元同色，江風亦自波。（江梅）
亂雲低薄暮，急雪舞迴風。（對雪）
岸風翻夕浪，舟雪灑寒燈。（泊岳陽城下）

雪後

花動朱樓雪，城凝碧樹烟。（寄岳州賈司馬六丈，巴州嚴八使君兩閣老五十韻）
稍通綃幕霽，遠帶玉繩低。（夜宿西閣，呈元三十一曹長）
樓雪融城溼，宮雲去殿低。（晚出左掖）
凍泉依細石，晴雪落長松。（謁眞諦寺禪師）

地輿

五言

吳楚東南坼，乾坤日夜浮。（登岳陽樓）

浮雲連海岱，平野入青徐。（登兗州城樓）
兩行秦樹直，萬點蜀山尖。（送張十二參軍赴蜀州因待楊五侍郎）
五原空壁壘，八水散風濤。（喜聞官軍已臨賊境）
地濶峨眉晚，天高峴首春。（贈別鄭鍊赴襄陽）
地平江動蜀，天濶樹浮秦。（奉和嚴中丞西城晚眺十韻）
水落魚龍夜，山空鳥鼠秋。（秦州雜詩）
山帶烏蠻濶，江連白帝深。（渝州候嚴侍御不到，先下峽）
拂雲霾楚氣，朝海蹴吳天。（秋日夔府詠懷，奉寄鄭監審李賓客之芳一百韻）
星落黃姑渚，秋辭白帝城。（季秋蘇五弟纓，江樓夜宴崔十三評事韋少府姪三首）
塵沙連越巂，風雨暗荆蠻。（遠遊）
天地西江遠，星辰北斗深。（夏日楊長寧宅，送崔侍御常正字入京，得深字）

七言

藍水遠從千澗落，玉山高並兩峯寒。（九日藍田崔氏莊）
錦江春色來天地，玉壘浮雲變古今。（登樓）
山連越巂蟠三蜀，水散巴蠻下五溪。（野望）

黃牛峽靜灘聲轉，白馬江寒樹影稀。（送韓十四江東省親）
路經灩澦雙蓬鬢，天入滄浪一釣舟。（將赴荆南寄別李劍州）
雲斷岳蓮臨大路，天晴宮柳暗長春。（題鄭縣亭子）

江及行舟

五言

天高雲去盡，江迥月來遲。（觀作橋成，月夜舟中有述，還呈李司馬）
地坼江帆隱，天清木葉聞。（曉望）
峽束滄江起，巖排古樹圓。（秋日夔府詠懷，奉寄鄭監審，李賓客之芳一百韻）
薄雲巖際宿，孤月浪中翻。（宿江邊閣）
行雲星隱見，疊浪月光芒。（遣悶）
江淸歌扇底，野曠舞衣前。（數陪李梓州泛江，有女樂在諸舫，戲爲豔曲二首贈李）
江雲飄素練，石壁斷空青。（不離西閣二首）
地與山根裂，江從月窟來。（瞿唐懷古）
峽口風常急，江流氣不平。（入宅三首）
江湖深更白，松竹遠微青。（泊松滋江亭）

烟花山際重，舟楫浪前輕。（泛江送客）

雨洗平沙淨，天銜闊岸紆。（舟中出江陵南浦，奉寄鄭少尹審）

欹側風帆滿，微冥水驛孤。（過南岳入洞庭湖）

和風引桂楫，春日漲雲岑。（過津口）

芳菲緣岸圃，樵爨倚灘舟。（落日）

野船明細火，宿鷺起圓沙。（遣意二首）

稍知花改岸，始驗鳥隨舟。（陪王使君晦日泛江，就黃家亭子，二首）

圃開連石樹，船渡入江溪。（白露）

七言

無邊落木蕭蕭下，不盡長江滾滾來。（登高）

狀物（動物）語

五言

風蝶勤依槳，春鷗懶避船。（行次古城店，汎江作，不揆鄙拙，奉呈江陵幕府諸公）

沙晚低風蝶，天晴喜浴鳧。（江亭送眉州辛別駕昇之，得蕪字）

風輕粉蝶喜，花暖蜜蜂喧。（敝廬遣興，奉寄嚴公）
野畦連蛺蝶，江檻俯鴛鴦。（陪王使君晦日泛江，就黃家亭子二首）
花妥鶯捎蝶，溪喧獺趁魚。（重遊何氏五首）
芹泥隨燕嘴，花蕊上蜂鬚。（徐步）
仰蜂粘落絮，行蟻上枯梨。（獨酌）
柱穿蜂溜蜜，棧缺燕添巢。（陪諸公上白帝城頭，宴越公堂之作）
樹蜜早蜂亂，江泥輕燕斜。（入喬口）
蟬聲集古寺，鳥影度寒塘。（和裴迪登新津寺，寄王侍郎）
晚涼看洗馬，森木亂鳴蟬。（與任城許主薄遊南池）
高鳥黃雲暮，寒蟬碧樹秋。（晚秋長沙蔡五侍御飲筵，送殷六參軍歸澧州覲省）
青蟲懸就日，朱果落封泥。（課小豎鋤斫舍北果林，枝蔓荒穢，淨訖移牀，三首）
燕外晴絲卷，鷗邊水葉開。（春日江村五首）
遠鷗浮水靜，輕燕受風斜。（春歸）
細動迎風燕，輕搖逐浪鷗。（江漲）
囀枝黃鳥近，泛渚白鷗輕。（遣意三首）
紫鱗衝岸躍，蒼隼護巢歸。（重題鄭氏東亭）

猿掛時相學，鷗行炯自如。（瀼西寒望）
山寒青兕叫，江晚白鷗饑。（雨四首）
俊鶻無聲過，飢烏下食貪。（朝二首）
落雁浮寒水，飢烏集戍樓。（晚行口號）
猿捷長難見，鷗輕故不還。（悶）
暗飛螢自照，水宿鳥相呼。（倦夜）
引頸嗔船逼，無行亂眼多。（舟前小鵝兒）
犬迎曾宿客，鴉護落巢兒。（重遊何氏五首）

七言

穿花蛺蝶深深見，點水蜻蜓款款飛。（曲江二首）
娟娟戲蝶過閒幔，片片輕鷗下急湍。（小寒食舟中作）
無數蜻蜓齊上下，一雙鸂鶒對沈浮。（卜居）

比類語

五言

驊騮開道路，鷹準出風塵。（奉簡高三十五使君）
驊騮開道路，雕鶚離風塵。（奉贈鮮于京兆二十韻）
霜蹄千里駿，風翮九霄鵬。（贈特進汝陽王二十韻）
蛟龍得雲雨，雕鶚在秋天。（奉贈嚴八閣老）
鵰鶚乘時去，驊騮顧主鳴。（奉贈郭中丞兼太僕卿充隴右節度使三十韻）
老驥思千里，飢鷹待一呼。（贈韋左丞丈濟）
老驥倦驤首，蒼鷹愁易馴。（贈別賀蘭銛）
老馬夜知道，蒼鷹飢著人。（觀安西兵過赴關中待命二首）
皂鵰寒始急，天馬老能行。（贈陳二補闕）
猛虎臥在岸，蛟螭出無痕。（別李義）
窮猿號雨雪，老馬怯關山。（有歎）
草黃騏驥病，沙晚鶺鴒寒。（第五弟豐獨在江左，近三四載，寂無消息，覓使寄此二首）
蟄龍三冬臥，老鶴萬里心。（遣興五首）
蛟龍纏倚劍，鸞鳳夾吹簫。（哭王彭州掄）
鳳藏丹霄暮，龍去白水渾。（贈蜀僧閭邱師兄）
霄漢愁高鳥，泥沙困老龍。（巴西驛亭觀江漲，呈竇十五使君）

冰壺動瑤碧，野水失蛟龍。（贈崔十三評事公輔）

紫燕自超詣，翠駮誰翦剔。（夜聽許十一誦詩，愛而有作）

馬來皆汗血，鶴唳必青田。（秋日夔府詠懷，奉寄鄭監審李賓客之芳一百韻）

哀猿更坐起，落雁失飛騰。（寄峽州劉伯華使君四十韻）

岸花飛送客，檣燕語留人。（發潭州）

號山無定鹿，落樹有驚蟬。（夜二首）

秋蟲聲不去，暮燕意何如。（除架）

鳴螿隨泛梗，別燕起秋菰。（舟中出江陵南浦，奉寄鄭少尹審）

風鴛藏靜諸，雨燕集深條。（朝雨）

潛鱗恨水壯，去翼依雲深。（上後園山脚）

浦鷗防碎首，霜鶻不空拳。（寄岳州賈司馬六丈、巖八使君兩閣老五十韻）

水深魚極樂，林茂鳥知歸。（秋野五首）

寒花隱亂草，宿鳥擇深枝。（薄暮）

佇鳴南嶽鳳，欲化北溟鵾。（贈虞十五司馬）

筆飛鸞聳立，章罷鳳騫騰。（贈特進汝陽王二十韻）

獨鶴歸何晚，昏鴉已滿林。（野望）

衆流歸海意，萬國奉君心。（長江二首）

爽氣金天豁，清談玉露繁。（贈虞十五司馬）

清高金莖露，正直朱絲絃。（贈李十五丈別）

氷雪淨聰明，雷霆走精銳。（送樊二十三侍御赴漢中判官）

氣纏霜匣滿，氷置玉壺多。（湖南送敬十使君適廣陵）

丹桂風霜急，青梧月夜凋。（有感五首）

青松寒不落，碧海闊逾澄。（寄峽州劉伯華使君四十韻）

病葉多先墜，寒花只暫香。（薄遊）

雖當霰雪嚴，未覺栝柏枯。（別張十三建封）

幽陰成頗雜，惡木剪還多。（惡樹）

鏘鏘鳴玉動，落落羣松直。（殿中楊監見示張旭草書圖）

鍾律儼高懸，鯤鯨噴迢遞。（贈監書秘江夏李公邕）

七言

金鐘大鏞在東序，氷壺玉衡懸清秋。（寄裴施州）

天馬長鳴待駕馭，秋鷹振翮當雲霄。（醉歌引，贈公安顏少府請顧八分題壁）

豫章翻風白日動，鯨魚跋浪滄溟開。（短歌行贈，王郎司直）
鱗角鳳嘴世莫識，剪膠續弦奇自見。（病後過王倚飲贈歌）
鳥雀苦肥秋菽粟，蛟龍欲蟄寒沙水。（暮秋枉裴道州手札，率爾遣興，寄遞近呈蘇渙侍御）
或看翡翠蘭苕上，未擊鯨魚碧海中。（戲爲六絕句）
獨鶴不知何事舞，飢烏似欲向人啼。（野望）
鴻雁影來留峽內，鶺鴒飛急到沙頭。（舍弟觀赴藍田，領妻子到江陵，喜寄三首）
巢邊野雀欺羣燕，花底山蜂趁遠人。（題鄭縣亭子）
暫止飛烏將數子，頻來語燕定新巢。（堂成）
顛狂柳絮隨風舞，輕薄桃花逐水流。（絕句漫興九首）
新松恨不高千尺，惡竹應須斬萬竿。（將赴成都草堂，途中有作，先寄嚴鄭公五首）

含蓄語

勳業頻看鏡，行藏獨倚樓。（江上）
聖朝無棄物，衰一作老病已成翁。（客亭）
耽酒須微祿，狂歌託聖朝。（官定後戲贈）
本無軒冕意，不是傲當時。（獨酌）

晉山雖自棄，魏闕尚含情。（送李嶂卿）
扁舟空老去，無補聖明朝。（野望）
自驚衰謝力，不道棟梁材。（雙楓浦）
世事已黃髮，殘生隨白鷗。（去蜀）
寇盜狂歌外，形骸痛飲中。（陪章留後侍御宴南樓，得風字）

偉麗語

五言

山河扶繡戶，日月近雕梁。（冬日洛城北謁玄元皇帝廟）
日月低秦樹，乾坤繞漢宮。（投贈哥舒開府翰二十韻）
卿月昇金掌，王春度玉墀。（暮春江陵送馬大卿公，恩命追赴闕下）
八荒開壽城，一氣轉洪鈞。（上韋左相二十韻）
閶闔開黃道，衣冠拜紫宸。（太歲日）
羣公蒼玉佩，天子翠雲裘。（更題）

七言

宮草霏霏承委佩，爐烟細細駐遊絲。（宣政殿退朝，晚出左掖）

香飄合殿春風轉，花覆千官淑景移。（紫宸殿退朝口號）

麒麟不動爐烟上，孔雀徐開扇影還。（至日遣興，奉寄北省舊閣老兩院故人二首）

旌旗日暖龍蛇動，宮殿風微燕雀高。（奉和賈至舍人早朝大明宮）

青春復隨冠冕入，紫禁正耐烟花繞。（洗兵馬）

靜逸語

五言

花濃春寺靜，竹細野池幽。（上牛頭寺）

林疏黃葉墜，野靜白鷗來。（朝二首）

幽花欹滿樹，細水曲通池。（過南鄰朱山人水亭）

古苔生迮地，秋竹隱疏花。（溪上）

空村惟見鳥，落日未逢人。（東屯北崦）

日斜魚更食，客散鳥還來。（課小豎鉏斫舍北果林，枝蔓荒穢，淨訖移牀三首）

兩邊山木合，終日子規嗁。（子規）

七言

落花游絲白日靜，鳴鳩乳燕青春深。（題省中院壁）

邊塞語

無風雲出塞，不夜月臨關。（秦州雜詩）
鼓角愁荒塞，星河落曙山。（將曉二首）
古城疏落木，荒戍密寒雲。（南極）
水靜樓陰直，山昏塞日斜。（遣懷）
遠水兼天淨，孤城隱霧深。（野望）
天風隨斷柳，客淚墮清笳。（遣懷）
關雲常帶雨，塞水不成河。（寓目）
塞柳行疏翠，山梨結小紅。（雨晴）
塞雲多斷續，邊日少光輝。（秦州雜詩）
黃雲高未動，白水已興波。（日暮）
隴草蕭蕭白，洮雲片片黃。（寄彭州高三十五使君適，虢州岑二十七長史參三十韻）

虛字語

江山有巴蜀，棟宇自齊梁。（上兜率寺）
古牆猶竹色，虛閣自松聲。（滕王亭子二首）
萬象皆春氣，孤槎自客星。（宿白沙驛）
遠水非無浪，他山自有春。（鄭城西原送李判官兄武判官弟赴成都府）
斷橋無復板，臥柳自生枝。（過故斛斯校書莊二首）
風月自清夜，江山非故園。（日暮）
吾徒自漂泊，世事各艱難。（宴王使君宅題二首）
故園花自發，春日鳥還飛。（憶弟二首）
河漢不改色，關山空自寒。（初月）
雪樹元同色，江風亦自波。（江梅）
詩書遂牆壁，奴僕且旌旄。（避地）
今日知消息，他鄉且定居。（得家書）
生理何顏面，憂端且歲時。（得舍弟消息二首）
江山且相見，戎馬未安居。（逢唐興劉主簿弟）

故國猶兵馬，他鄉亦鼓鼙。（出郭）
戍鼓猶長擊，林鶯遂不歌。（暮寒）
興來猶杖屨，目斷更雲沙。（祠南夕望）
兵戈猶在眼，儒術豈謀身。（獨酌成詩）
入天猶石色，穿水忽雲根。（瞿唐兩崖）
蟻浮仍臘味，鷗泛已春聲。（正月三日歸溪上有作，簡院內諸公）
離亭非舊國，春色是他鄉。（江亭王閬州筵餞蕭遂州）
卷簾惟白水，隱几亦青山。（悶）
日長惟燕雀，春遠獨柴荊。（春遠）
登樓初有作，前席竟為榮。（春日江村五首）
地偏初衣袷，山擁更登危。（九日雲安鄭十八攜酒陪諸公宴）
好武寧論命，封侯不計年。（送人從軍）
飄零還栢酒。衰病只藜牀。（元日示宗武）
名豈文章著，官應老病休。（旅夜書懷）
天地身何往，風塵病敢辭。（寄杜位）
衰謝身何補，蕭條病轉嬰。（柳司馬至）

多難身何補，無家病不辭。（垂白）

縱被浮雲掩，猶能永夜清。（天河）

已近苦寒月，況經長別心。（擣衣）

附錄

羅大經曰：作詩要健子撐拄，要活字斡旋。「紅入桃江嫩，青歸柳業新。」「弟子貧原憲，諸生老服虔。」「入」與「歸」字，「貧」與「老」字，乃撐拄也；「生理何顏面」，「憂端且歲時。」「名豈文章著，官應老病休。」「何」與「且」字，「豈」與「應」字，乃斡旋也。撐拄如屋之柱，斡旋如輪之軸。文亦然，詩以字，文以句。

范晞文曰：虛活字極難下，虛死字尤不易。蓋雖是死字欲使之活，此所以爲難。老杜：「古牆猶竹色，虛閣自松聲。」及「江山有巴蜀，棟宇自齊梁。」人到於今誦之。予近讀其瞿唐兩崖詩云：「入天獨石色，穿水忽雲根。」「猶」「忽」二字。如浮雲著風，閃爍無定。誰能跡其妙處。他如「江山且相見，戎馬未安居。」「故國猶兵馬，他鄉亦鼓鼙。」「地偏初衣袷，山擁更登危。」「詩書遂牆壁，奴僕且旌旄。」皆用力於一字。

趙汸曰：五言近體，句中用一虛字斡旋，詩家以爲難。若一句中用兩虛字，抑揚見意，惟老杜能之，而陳后山妙得其法。

發端語

五言

岱宗夫如何，齊魯青未了。（望嶽）
莽莽萬重山，孤城山谷間。（秦州雜詩）
落日在簾鉤，溪邊春事幽。（落日）
斧鉞下青冥，樓船過洞庭。（衡山送李大夫七丈勉赴廣州）
莽莽天涯雨，江邊獨立時。（對雨）
萬壑樹聲滿，千崖秋氣高。（王閬州筵奉酬十一舅惜別之作）
西掖梧桐樹，空留一院陰。（送賈閣老出汝州）
四更山吐月，殘夜水明樓。（月）
滿目飛明鏡，歸心折大刀。（八月十五夜月二首）
冠冕通南極，文章落上臺。（送翰林張司馬南海勒碑）
國破山河在，城春草木深。（春望）
今代麒麟閣，何人第一功。（投贈哥舒開府翰二十韻）
獨臥嵩陽客，三違潁水春。（寄張十二山人彪三十韻）
衡岳猿啼裏，巴山鳥道邊。（案岳州賈司馬六丈，巴州嚴八使君兩閣老五十韻）
昔聞洞庭水，今上岳陽樓。（登岳陽樓）
絕塞烏蠻北，孤城白帝邊。（秋日夔府詠懷，奉寄鄭監審李賓客之芳一百韻）

軒轅休製律，虞舜罷彈琴。（風疾舟中伏枕，書懷三十六韻，奉呈湖南親友）

何恨倚山林，吟詩秋葉黃。（和裴迪登新津寺，寄王侍郎）

更欲投何處，飄然去此都。（舟中出江陵南浦奉寄鄭少尹審）

帶甲滿天下，胡爲君遠行。（送遠）

涼風起天末，君子意如何。（天末懷李白）

亦知戍不返，秋至拭清砧。（擣衣）

素練霜風起，蒼鷹畫作殊。（畫鷹）

長嘯宇宙間，高才日凌替。（贈秘書監江夏李公邕）

紈袴不餓死，儒冠多誤身。（奉贈韋左丞丈二十二韻）

惟天有設險，劍門天下壯。（劍門）

孤雲亦羣遊，神物有新歸。靈鳳在赤霄，何當一來儀。（幽人）

九載一相逢，百年能幾何。復爲萬里別，送子山之阿。（送唐十五誠因寄禮部賈侍郎）

鳳歷軒轅紀，龍飛四十春。八方開壽域，一氣轉鴻鈞。（上韋左相二十韻）

七言

花近高樓傷客心，萬方多難此登臨。（登樓）

羣山萬壑赴荆門，生長明妃尚有村。（詠懷古跡五首）

一片飛花減却春，風飄萬點正愁人。（曲江二首）

洛城一別四千里，胡騎長驅五六年。（恨別）

霜黃碧梧白鶴棲，城上擊柝復烏啼。（暮歸）

悲臺蕭颯石巃嵸，哀壑杈枒浩呼洶。中有萬里之長江，迴風滔一作陷日孤光動。（王兵馬使二角鷹）

今我不樂思洛陽，身欲奮飛病在牀。美人娟娟隔秋水，濯足洞庭望八荒。（寄韓諫議注）

將軍魏武之子孫，於今爲庶爲清門。英雄割據雖已矣，文采風流今尚存。（丹青引贈曹將軍霸）

堂上不合生楓樹，怪底江山起烟霧。聞君掃却赤縣圖，乘興遣畫滄洲趣。（奉先劉少府新畫山水障歌）

王郎酒酣拔劍斫地歌莫哀，我能拔爾抑塞磊落之奇才。豫章翻風白日動，鯨魚跋浪滄溟開。（短歌行贈王郎司直）

附錄

楊愼曰：五言律起句最難。六朝人稱謝朓工於發端，如「大江流日夜，客心悲未央。」「雄壓千古矣。」唐人多以對偶起，雖森嚴而乏高古。宋周伯弜選唐三體詩，取起句之工者二：「酒渴愛江清，餘酣漱晚汀。」又「江天清更愁，風柳入江樓。」是也。語誠工而意衰颯。余愛柳惲：「汀洲採白蘋，日落江南春。」吳均「咸陽春草芳，秦帝捲衣裳。」又「春從何處來，拂水復驚梅。」梁元帝「山高巫峽長，垂柳復垂楊。」蘇頲「北風吹早雁，日日渡河飛。」張柬之「淮南有小山，嬴女隱其間。」王維「風勁角弓鳴，將軍獵渭城。」杜子美「將軍臟氣雄，臂懸雙角弓。」孟浩然「八月湖水平，涵虛混太清。」雖律也而含古意，皆起句之妙。

收結語

五言

明朝有封事，數問夜如何。（春宿左省）
萬事干戈裏，空悲清夜徂。（倦夜）
故國留清渭，如今花正多。（泛江）
防身一長劍，將欲倚崆峒。（投贈哥舒開府翰二十韻）
遙知簇鞍馬，回首白雲間。（九日奉寄嚴大夫）
柔櫓輕鷗外，含悽覺汝賢。（船下夔州郭宿，雨濕不得上岸別王十二判官）
清霜洞庭葉，故就別時飛。（送盧十四弟侍御護韋尚書靈櫬歸上都二十四韻）
垂老孤帆色，飄飄犯百蠻。（將曉二首）
從來謝太傅，邱壑道難忘。（奉觀嚴鄭公廳事岷山沱江畫圖十韻得忘字）
遠愧梁江總，還家尚黑頭。（晚行口號）
細雨荷鋤立，江猿吟翠屏。（暮春題瀼西新賃草屋五首）
經過自愛惜，取次莫論兵。（送元二適江左）
相逢成夜宿，隴月向人圓。（宿贊公房）

安危大臣在，不必淚長流。（去蜀）

親朋滿天地，兵甲少來書。（中宵）

無由覩雄略，大樹日蕭蕭。（故武衞將軍挽詞三首）

大哉乾坤內，吾道長悠悠。（發秦州）

白鷗沒浩蕩，萬里誰能馴。（奉贈韋左丞丈二十二韻）

封候意疏濶，編簡爲誰靑。（故武衞將軍三首）

無才日衰老，駐馬望千門。（至德二年，自京金光門出，有悲往事）

七言

安得壯士挽天河，淨洗甲兵長不用。（洗兵馬）

君知天地干戈滿，不見江湖行路難。（夜聞觱篥）

王師未報收東郡，城闕秋生畫角哀。（野老）

酒闌却憶十年事，腸斷驪山淸路塵。（九日）

寂寞江天雲霧裏，何人道有少微星。（嚴中丞枉駕見過）

戎馬相逢更何日，春風回首仲宣樓。（將赴荆南寄李劍州）

君王舊跡今人賞，轉見千秋萬古情。（越王樓歌）

明年此會知誰健，醉把茱萸仔細看。（九日藍田崔氏莊）

此身飲罷無歸處，獨立蒼茫自詠詩。（樂遊園歌）

孤臣此日腸堪斷，愁對寒雲雪滿山。（至日遣興，奉寄北省舊閣老兩院故人二首）

雞蟲得失無了時，注目寒江倚山閣。（縛雞行）

論詩語

（一）

讀書破萬卷，下筆如有神。（奉贈韋左丞丈二十二韻）

熟精文選理。（宗武生日）

詩應有神助。（遊脩覺寺）

詩成若有神。（獨酌成詩）

（二）

遣詞必中律。（橋陵詩三十韻，因呈縣內諸官）

覓句新知律。（又示宗武）

晚節漸於詩律細。（遣悶，戲呈路十九曹長）
佳句法如何。（贈高三十五書記）
題詩好細論。（敝廬遣興，奉寄嚴公）
重與細論文。（李日憶李白）

（三）

吟多意有餘。（復愁十二首）
不免一作覺自長吟。（長吟）
吟詩解歎嗟。（遠遊）
吟詩重回首。（課小豎鋤斫舍北果林，枝蔓荒穢，淨訖移牀二首）
吟詩信杖扶。（徐步）
自吟詩送老。（宴王使君宅題二首）
新詩改罷自長吟。（解悶十二首）
我有新詩何處吟。（柟樹爲風雨所拔歎）

（四）

文章千古事，得失寸心知。（偶題）

前輩飛騰入，餘波綺麗爲。（偶題）

竊窺屈宋宜方駕，恐與齊梁作後塵。（戲爲六絕句）

別裁僞體親風雅，轉益多師是我師。（同前）

應手看捶鉤，清心聽鳴鏑。精微穿溟涬，飛動摧霹靂。陶謝不枝梧，風騷共推激。紫燕自超詣，翠駮誰翦剔。（夜聽許十一損誦詩，愛而有作）

雕刻初誰料，纖毫欲自矜。神融躡飛動，戰勝洗侵凌。妙取筌蹏棄，高宜百萬層。（寄峽州劉伯華使君四十韻）

意愜關飛動，篇終接混茫。（寄彭州高三十五使君適，虢州岑二十七長史參、三十韻）

附錄

王嗣奭曰：「雕刻初誰料。」言其文初實雕刻；而雕刻之妙，已入自然，人不能料也，「纖毫欲自矜。」言用心之細，雖纖毫不肯放過也。此二句乃作文之訣。「神融」句謂文有生氣，「戰勝」謂文無敵手。其妙只取「筌蹄」之棄，而其高出人上已「百萬層」矣。

朱鶴齡曰：此數句當與文賦參看。「雕刻誰能料。」即籠天地於形內，挫萬物於筆端也。「纖毫欲自矜。」即考殿最於錙銖，定去留於微茫也。「神融攝飛動。」即精騖八極，心遊萬仞也；「戰勝洗侵陵。」即方天機之駿利，夫何紛而不理也。「妙取」二句，即形不可逐，響難爲繫，孤立而削，非常言之所能緯也。

思飄雲物動（一作外），律中鬼神驚。毫髮無遺憾，波瀾獨老成。（敬贈鄭諫議十韻）

附錄

王士禎曰：「毫髮無遺憾，波瀾獨老成。」十字盡學詩之秘。

仇兆鰲曰：雲物動，言思窮高遠；鬼神驚、言巧奪化工。曲盡物理，故無遺憾；才氣浩瀚，故有波瀾。

浦起龍曰：說詩處言言警策。思飄矣、乃必期於中律，而鬼神驚者正在此；無憾矣、方可語於波瀾，而獨老成處正難言。韓子云：必皆醇也，然後肆焉。個中消息，非匠心不知。

見道語

賢人識定分，進退固其宜。（述古三首）

賢良雖得祿，守道不封己。（種萵苣）

名賢慎出處，不肯妄行役。（鄭典後自施州歸）

古來賢達士，寧受外物牽。（寄題江外草堂）

君子慎止足，小人苦喧闐。（鹽井）

乃知正人意，不苟飛長纓。（同元使君舂陵行）

未達善一身，得志行所爲。（詠懷二首）

用拙存吾道，幽居近物情。（屏跡三首）

禮樂攻吾短，山林引興長。（秋野五首）

萬物附本性，約身不願奢。（柴門）
用心霜雪間，不必條蔓綠。（寫懷二首）
上天無偏頗，蒲稗各自長。（秋行官張望，督促東渚耗稻向畢，淸晨遣女奴阿稽豎子阿段往問）
江山如有待，花柳更無私。（後遊）
水流心不競，雲在意俱遲。（江亭）
君看燈燭張，轉使飛蛾密。（寫懷二首）
人見幽居僻，吾知拙養尊。（晚）
斯文憂患餘，聖哲垂彖繫。（宴石鱉浦）
願聞第一義，回向心地初。（謁文公上方）
應須飽經術。（又示宗武）
靜者心多妙。（寄張十二彪三十韻）
美利戒止足。（南池）
操持必去嫌。（東津送韋諷攝閬州錄事）
聖哲爲心小一身。（承聞河北諸道節度入朝，歡喜口號絕句十二首）
人生快意多所辱。（醉爲馬墜，羣公攜酒相看）

附 錄

曾國藩曰：杜詩韓文所以能百世不朽者，彼自有知言養氣工夫。惟其知言，故常有一二見道語；談及時事，亦甚識當世要務，惟其養氣，故無纖薄之響。

忠愛語

五 言

明朝有封事，數問夜如何。（春宿左省）
萬方頻送喜，毋乃聖躬勞。（收京三首）
霜天到宮闕，戀主寸心明。（柳司馬至）
戀闕丹心破，霑衣皓首啼。（散愁二首）
戀闕勞肝肺，論才愧杞柟。（樓上）
向來憂國淚，寂寞灑衣巾。（謁先主廟）
濟時敢愛死，寂寞壯心驚。（歲暮）
時危關百慮，盜賊爾猶存。（西閣夜）
時危思報主，衰謝不能休。（江上）
不眠憂戰伐，無力正乾坤。（宿江邊閣）

世情只益睡，盜賊敢忘憂。（西閣夜）

天王狩太白，駐馬更騷首。（九成宮）

揮涕戀行在，道途猶恍惚。（北征）

萬里黃山北，園陵白露中。（洞房）

尙想趨朝廷，毫髮裨社稷。（客堂）

尙思未朽骨，復覩耕桑民。（別蔡十四著作）

中原消息斷，黃屋今安否。（將適吳楚，留別章使君留後，兼幕府諸公，得柳字）

我多長卿病，日夕思朝廷。（同元使君春陵行）

君王納涼晚，此味亦時須。（槐葉冷淘）

七言

周宣中興望我皇，灑淚江漢身衰疾。（憶昔）

附錄

蘇軾曰：太史公論詩，以爲國風好色而不淫，小雅怨悱而不亂。以余觀之，是特識變風變雅耳，烏覩詩之正乎！昔先王之澤衰，然後變風，發於情，雖衰而未竭，是以猶止於禮義，以爲賢於無所止者而已。若夫發於情，止於忠孝者，其詩豈可同日而語哉！古今詩人衆矣，而杜子美爲首，豈非以其流落飢寒，終身不用，而一飯未嘗忘君也歟。

經濟語

周室宜中興，孔門未應棄。（題衡山縣文宣王廟新學堂，呈陸宰）

君臣重修德，猶足見時和。（傷春五首）

舜舉十六相，身尊道何高。秦時任商鞅，法令如牛毛。（述古三首）

垂旒資穆穆，祝網但恢恢。（秋日荆南述懷三十韻）

君臣節儉足，朝野懽呼同。（往在）

不過行儉德，盜賊本王臣。（有感五首）

借問懸車守，何和儉德臨。（提封）

干戈未甚息，紀綱正所持。（送殿中揚監赴蜀見相公）

不成誅執法，焉得變危機。（傷春五首）

吾聞聰明主，活國用輕刑。（奉酬薛十二丈判官見贈）

衆寮宜潔白，萬役但平均。（送陵州路使君之任）

邦以民爲本，魚饑費香餌。（送顧八分文學適洪吉州）

請先偃甲兵，處分聽人主。萬邦但各業，一物休盡取。（雷）

必若救瘡痍，先應去蟊賊。（送韋諷上閬州錄事參軍）

古來於異域，鎭靜示專征。（奉送郭中丞兼太僕卿充隴右節度使三十韻）

此流須卒斬，神器資強幹。（舟中苦熱遣懷，奉呈陽中丞通簡臺省諸公）

此輩少爲貴，四方服勇決。（北征）

蜂蠆終懷毒，雷霆可震威。（遣憤）

自古以爲患，詩人厭薄伐。脩德使其來，羈縻固不絕。（留花門）

任轉江淮粟，休添苑囿兵。由來貔虎士，不滿鳳凰城。（復愁十二首）

附錄

蘇軾曰：子美自比稷與契，人未必許也。然其詩云：「舜舉十六相，身尊道益高。秦時用商鞅，法令如牛毛。」此自是契稷輩人口中語也。

勗勉語

五言

公若登臺輔，臨危莫愛身。（奉送嚴公入朝十韻）

王室仍多難，蒼生倚大臣。（奉送韋中丞之晉赴湖南）

至尊方旰食，仗爾布嘉惠。（送樊二十三侍御赴漢中判官）

安邊仍扈從，莫作後功名。（奉送郭中丞兼太僕卿充隴右節度使三十韻）

人頻墮塗炭，公豈忘精誠。（同前）

推薦非承乏，操持必去嫌。（東津送韋諷攝閬州錄事）

刺規多諫諍，端拱有光輝。（送盧十四弟侍御護韋尚書靈櫬歸上都二十四韻）

愼爾參籌畫，從茲正羽翰。（送楊六判官使西蕃）

人實不易知，更須愼其儀。（送高三十五書記十五韻）

子干東諸侯，勸勉無縱恣。（送顧八公文學適洪州）

佳聲期共遠，雅節在周防。明白山濤鑒，嫌疑陸賈裝。（送魏司直充嶺南掌選崔郎中判官，兼寄韋韶州）

國待賢良急，君當拔擢新。衆寮宜潔白，萬役但平均。（送陵州路使君之任）

夙夜聽憂主，飛騰急濟時。（別崔潩因寄薛據孟雲卿）

努力輸肝膽，休煩獨起予。（秋日荊南送石首薛明府辭滿告別奉寄薛尚書頌德敘懷斐然之作三十韻）

七言

捨舟策馬論兵地，拖玉腰金報主身。（季夏送鄉弟韶陪黃門從叔朝謁）

致君堯舜付公等，早據要路思捐軀。（暮秋枉裴道州手札，率爾遣興寄遞，近呈蘇渙侍御）

附錄

杜公贈行諸詩，無一套語。深符贈人以言之旨。

褒貶語

天子初愁思。（洛陽）

一「初」字便見平日歌舞荒淫，全不知備。

君已富土境，開邊一何多。（前出塞九首）

杜臆：「已富」而又「開邊」，乃諷刺語，亦國家安危所繫。

天子亦應厭奔走，羣公固合思昇平。（釋悶）

微詞冷語

天下學士亦奔波。（寄柏學士林居）

蒼生可知矣。

校獵亦似觀成功。（冬狩行）

「亦似觀」三字便含末意。

號令頗有前賢風。（同前）

贊語有分寸。

稍喜臨邊王相國。（諸將五首）

「稍喜」亦不滿之詞。

忍待明年莫倉卒。（悲青坂）

冀其重整，戒其毋蹈前轍。

獨任朔方無限功。（洗兵馬）

鄴城以無元帥致潰，欲其專任郭子儀也。

但促銅壺箭，休添玉帳旗。（送盧十四弟侍御護韋尚書靈櫬歸上都，二十四韻）

言天子當早朝勤政，無事添兵禁中。「休添玉帳旂。」即公詩「由來貔虎士，不滿鳳凰城」意。

嚴城殊未掩，淸宴已知終。（陪鄭公秋晚北池臨眺）

見遊宴有節。

無私齊綺席，久坐密金章。（陪柏中丞觀宴將士二首）

饌無異等，見與士卒同甘苦；坐久相近，言其能忘分適情。

壯公臨事斷。（過郭代公故宅）

忠貞智勇，俱在「臨事斷」三字中。

疏通略文字。（送從弟亞赴河西判官）

申鳧盟曰：「疏通略文字」。便是英雄本色。若兩脚書橱，濟得甚事。

近聞寬法離新州。（寄杜位）

萬里傷心嚴譴日。（送鄭十八虔貶臺州司戶）

龔芝麓曰：同一貶竄也，鄭虔臺州之流，自論死減等，猶曰「嚴譴」，杜位在新州，去萬里長流，十年始離貶所，乃曰「寬法。」蓋虔陷賊中，不得已，其情可原；杜爲李林甫壻，僅加貶謫，復得量移，實曠恩也。只「嚴譴」「寬法」四字，便見春秋之筆。

憤激語

紈袴不餓死，儒冠多誤身。（奉贈左丞丈二十二韻）

名利苟可取，殺身傍權要。（三韻三首）

萬古一死生，胡爲足名數。（詠懷二首）

芒刺在我眼，焉能待高秋。（除草）

眼枯卽見骨，天地終無情。（新安吏）

禍首燧人氏，厲階董狐筆。（寫懷三首）

貴人豈不仁，視汝如莠蒿。（遣遇）

蕭條九州內，人少豺虎多。（送唐十五誡因寄禮部賈侍郎）

勿云聽者疲，愚智心盡死。（聽楊氏歌）

飲酣視八極，俗物多茫茫。(壯遊)
至今阮籍輩，熟醉爲身謀。(晦日尋崔戢李封)

七言

自古聖賢多薄命，姦雄惡少皆封侯。(錦樹行)
新竹恨不高千尺，惡竹應須斬萬竿。(將赴成都草堂，途中有作，先寄嚴鄭公王首)
鄉里兒童項領成，朝廷故舊禮數絕。(投簡咸華兩縣諸子)
長安卿相多少年，富貴應須致身早。(寓居同谷作歌七首)

沉痛語

五言

朱門酒肉臭，路有凍死骨。(自京赴奉先縣詠懷五百字)
富家廚肉臭，戰地骸骨白。(驅豎子摘蒼耳)
嫁女與征夫，不如棄道旁。(新婚別)
子孫陣亡盡，焉用身獨完。(垂老別)
但添新戰骨，不返舊征魂。(東樓)

他日傷心極，征人白骨歸。（秋笛）
文章憎命達，魑魅喜人過。（天末懷李白）
親朋盡一哭，鞍馬去孤城。（送遠）
故老仰面啼，瘡痍向誰數。（雷）
性命由他人，悲辛但狂顧。（有懷臺州鄭十八司戶）
豈但歲月暮，重來未有期。（赤谷）
生死論交地，何曾見一人。（贈別何邕）
感深辭舅氏，別後見何人。（奉送十七舅下邵桂）
衰疾那能久，應無見汝期。（遣興）
葛洪尸定解，許靖力難任。（風疾舟中伏枕三十六韻奉呈湖南親友）

七言

況聞處處鬻男女，割慈忍愛還租庸。（歲宴行）
到今不知白骨處，部曲有去皆無歸。（去秋行）
豺狼塞路人斷絕，烽烟照夜屍縱橫。（釋悶）
世亂鬱鬱久爲客，路難悠悠常傍人。（九日）

如今豈無騕褭與驊騮，時無王良伯樂死卽休。（天育驃騎圖歌）

苦語

天地身何往，風塵病敢辭。（寄杜位）
年年非故物，處處是窮途。（地隅）
浪跡同生死，無心恥賤貧。（贈王二十四侍御契四十韻）
存亡不重見，喪亂獨前途。（哭臺州鄭司戶蘇少監）
兒童相識盡，宇宙此生浮。（重題）
貧病轉零落，故鄉不可思。（赤谷）
窮迫挫曩懷，常如中風走。（上水遣懷）
貧賤人事略。（承沈八丈東美除膳部員外郞，阻雨未遂馳賀，奉寄此詩）
干請傷直性。（早發）
一命須屈色。（雨）
有求常百慮。（早發）
呑聲混瑕垢。（上水遣懷）
世梗悲路澀。（送率府程錄事還鄉）

青眼只途窮。（巫峽敝廬，奉贈侍御四舅別之澧朗）
寂寞向時人。（贈別賀蘭銛）
無家病不辭。（垂白）
亂離難自救。（樓上）
我生無根蒂，配爾亦茫茫。（四松）

奇語

五言

秦山忽破碎。（同諸公登慈恩寺塔）
河漢聲西流。（同諸公登慈恩寺塔）
江流氣不平。（入宅三首）
江平不肯流。（陪王使君晦日泛江，就黃家亭子二首）
山風猶滿把。（豎子至）
今秋天地在。（雙燕）
心肝奉至尊。（觀安西兵過關中待命二首）
聲吹鬼神下。（三川觀水漲二十韻）

山鬼吹燈滅。（移居公安館）

山鬼閉門中。（巫峽敝廬，奉贈侍御四舅別之澧朗）

相對十丈蛟，欻翻盤渦坼。（白水崔少府十九翁高齋三十韻）

七言

翻思前夜風雨急，乃是蒲城鬼神入。（奉先劉少府新畫山水障歌）

峽坼雲霾龍虎睡，江淸日抱黿鼉遊。（白帝城最高樓）

白摧朽骨龍虎死，黑入太陰雷雨垂。（戲韋偃爲畫雙松圖歌）

路幽必爲鬼神奪，拔劍或與蛟龍爭。（桃竹杖引，贈章留後）

散文語

五言

乾元元年春。（送李校書二十六韻）

皇帝二載秋。（北征）

昔在開元中。（送顧八分文學適洪吉州）

昔者開元中。（贈太子太師汝陽郡王璡）

元年建巳月。（戲贈友二首）

今茲商用事。（七月三日亭午以後，較熱退，晚加小涼，穩睡有詩，因論壯年樂事，戲呈元二十一曹長）

今秋乃淫雨。（苦雨奉寄隴西公，兼呈王徵士）

歷代皆有之。（奉送魏六丈佑少府之交廣）

自古以爲患。（留花門）

往在西京日。（往在）

人有甚於斯。（遣興五首）

夫人先卽世。（哭王彭州掄）

七言

將軍魏武之子孫。（丹青引，贈曹將軍霸）

自云伏波之子孫。（苦戰行）

中有萬里之長江。（王兵馬使二角鷹）

太守得之更不疑。（可歎）

國之社稷今若是。（徒步歸行）

爾之生也甚正直。（桃竹杖引贈章留後）

稱謂語

對李白之稱謂

白也詩無敵。(春日憶李白)

李白斗酒詩百篇。(飲中八仙歌)

南尋禹穴見李白。(送孔巢穴謝病歸遊江東，兼呈李白)

汝與山東李白好。(蘇端薛復筵，簡薛華醉歌)

不見李生久。(不見)

李侯有佳句。(與李十二白同尋范十隱居)

李侯金閨彥。(贈李白)

稱名者

吾憐孟浩然。(遣興五首)

結也實國楨。(同元使君舂陵行)

巴東逢李潮。(李潮八分小篆歌)

李舟名父子。(送李校書二十六韻)

舟也衣彩衣。（同前）
知章騎馬似乘船。（飲中八仙歌）
宗之蕭灑美少年。（同前）
蘇晉長齋繡佛前。（同前）
張旭三杯草聖傳。（同前）
焦遂五斗方卓然。（同前）
巢父掉頭不肯住。（送孔巢父謝病歸遊江東，兼呈李白）
座中薛華善醉歌。（蘇端薛復筵，簡薛華醉歌）
端復得之名譽早。（同前）
駐馬偶識雲卿面。（冬末以事之東都，湖城東遇孟雲卿，復歸劉顥宅宿，飲散、因爲醉歌）
向非劉顥爲地主。（同前）
畢宏已老韋偃少。（戲韋偃爲雙松圖歌）
畢曜仍傳舊小詩。（存歿口號二首）
曹霸丹青已白頭。（同前）
席謙不見近彈棊。（同前）
岑參兄弟皆好奇。（漢陂行）

復憶襄陽孟浩然。（解悶）
潮也奄有二子成。（李潮八分小篆歌）

稱公者

薛公十一鶴。（通泉縣署屋壁後薛少保畫鶴）
賀公雅吳語。（遣興五首）
鄭公縱得歸。（有懷臺州鄭十八司戶）
如公復幾人。（奉簡高三十五使君）
鄭公樗散鬢成絲。（送鄭十八虔貶臺州司戶，傷其臨老陷賊之故，闕為面別，情見於詩）
鄧公馬癖人盡知。（驄馬行）
趙公玉立高歌起。（荊南兵馬使太常卿趙公大食刀歌）
姚公美政誰與儔。（陪王侍御同登東山最高頂，宴姚通泉、晚攜酒泛江）

稱侯者

李侯金閨彥。（贈李白）
李侯有佳句。（與李十二白同尋范十隱居）

柳侯披衣笑。（貽華陽柳少府）

劉侯天機精。（奉先劉少府新畫山水障歌）

崔侯初筵色。（晦日尋崔戢李封）

程侯晚相遇。（送率府程錄事還鄉）

蘇侯得數過。（雨過蘇端）

蘇侯據鞍喜。（壯遊）

顧侯運鑪錘。（送顧八分文學適洪吉州）

姜侯設鱠當嚴冬。（閿鄉姜七少府設鱠戲贈長歌）

新歡便飽姜侯德。（閿鄉姜七少府設鱠戲贈長歌）

韋侯韋侯數相見。（戲韋偃爲雙松圖歌）

韋侯別我有所適。（題壁上韋偃畫歌）

劉侯歡我攜客來。（冬末以事之東都湖城東遇孟雲卿，復歸劉顥宅宿飲散，因爲醉歌）

劉侯奉使光推擇。（惜別行，送劉僕射判官）

李侯重有此節度。（戲作花卿歌）

稱夫子者

夫子欻通貴。（送韋書記赴安西）
夫子獨聲名。（贈陳二補闕）
夫子嵇阮流。（有懷臺州鄭十八司戶）
誓將與夫子。（彭衙行）
安知蔡夫子。（別蔡十四著作）

稱先生者

先生有道出羲皇。（醉時歌）
先生有才過屈宋。（同前）
先生早賦歸去來。（同前）

稱君子者

君子意如何。（天末懷李白）

稱郎者

同病得韋郎。（送韋郎司直歸成都）

能使韋郎跡也疏。（投簡梓州幕府兼簡韋十郎官）
王郎酒酣拔劍斫地歌莫哀。（短歌行，贈王郎司直）

稱卿者

成都猛將有花卿。（戲作花卿歌）

稱公子者

好去張公子。（送張十二參軍赴蜀州，因呈楊五侍郎）
公子過我遊。（夏日李公見訪）

稱子者

竇子才縱橫。（送竇九歸成都）
蔡子勇成癖。（送蔡希魯都尉還隴右，因寄高三十五書記）
惠子白駒瘦。（聞惠二過東溪特一送）
鄭子將行罷使臣。（重贈鄭鍊絕句）

稱生者

岑生多新詩。（九日寄岑參）

韋生富春秋。（送韋諷上閬州錄事參軍）

許生五臺賓。（夜聽許十一誦詩，愛而有作）

塞上得阮生。（貽阮隱居）

門闌蘇生在。（入衡州）

歎息高生老。（寄高生三十五書記）

高生跨鞍馬。（送高三十五書記十五韻）

李生園欲荒。（晦日尋崔戢李封）

尚看王生抱此懷。（病後過王倚飲贈歌）

王生怪我顏色惡。（同前）

稱職者

卭州崔錄事。（寄卭州崔錄事）

爲嗔王錄事。（王錄事許脩草堂貲不到，聊小詰）

中允聲名久。（奉贈王中允維）

安穩高詹事。（寄高三十五詹事）

寄語楊員外。（路逢襄陽楊少府入城，戲呈楊員外綰）

主簿意何如。（逢唐興劉主簿弟）

附錄

葛立方曰：今人作詩，自述則稱我，謂人則稱君，往往相習皆然。杜子美送孔巢父詩云：「道甫問訊今何如？」墜馬諸公攜酒相看詩云「甫也諸侯老賓客。」遇王倚飲云「在於甫也何由羨。」則自述乃稱名。送樊侍御云「至尊方旰食，仗爾布嘉惠。」寄李白云「昔年有狂客，號爾謫仙人。」送竇九云「非爾更持節，何人符大名。」則謂人乃稱爾。若謂尊之甚則稱名，則前三人皆非通貴之士，若謂卑之甚則稱爾，則後三人皆非稺孺之列。蓋其詩格變應若此，恐不繫重輕也。

二、體　式

拗　句

律詩中凡不合平仄格式之字謂之拗。嚴格言之，祇有五言第三字，及七言第五字不合格式者，始可謂之拗。至五言第一字，及七言第一第三字，既可不論平仄，自無所謂拗。

律詩中常有拗句，因之遂有拗救。所謂拗救，即是出句應用平聲之字而用仄聲，則對句必須將仄聲之字改用平聲，以為抵償；出句應用仄聲之字而用平聲，則對句必須將平聲之字改用仄聲，以為抵償。少陵律詩中，此類句子甚多。

五言

一徑野花落，孤村春水生。（遣意二首）
赤日石林氣，青天江水流。（題玄武禪師屋壁）
風月自清夜，江山非故園。（日暮）
雲薄翠微寺，天淸皇子陂。（重遊何氏五首）
冉冉柳絲碧，娟娟花蕊紅。（奉答岑參補闕見贈）
歷歷竟誰種，悠悠何處圓。（江邊星月二首）
雪嶺界天白，錦城曛日黃。（懷錦水居止二首）
山縣早休市，江橋春聚船。（倚杖）
花亞欲移竹，鳥窺新捲簾。（入宅三首）
負米夕葵外，讀書秋樹根。（孟氏）
枕簟入林僻，茶瓜留客遲。（巳上人茅齋）
世事已黃髮，殘生隨白鷗。（去蜀）
孤石隱如馬，高蘿垂飲猿。（長江二首）
老馬夜知道，蒼鷹飢著人。（觀安西兵過赴關中待命二首）

黃鵠翅垂雨，蒼鷹飢啄泥。（秦州雜詩）
衫裛翠微潤，馬銜青草悲。（自閬中領妻子却赴蜀山行三行）
樹蜜早蜂亂，江泥輕燕斜。（入喬口）
未見紫烟集，虛蒙清露霑。（嚴鄭公階下新松，得霑字）
天地日流血，朝廷誰請纓。（歲暮）
故國見何日，高秋心苦悲。（薄暮）
妻子寄他食，園林非昔遊。（過故斛斯校書莊二首）
江漢故人少，音書從此稀。（贈韋贊善別）
日有習池醉，愁來梁父吟。（初冬）
多病久加飯，衰容新授衣。（雨四首）
春色豈相訪，衆雛還識機。（歸燕）
味苦夏蟲避，叢卑春鳥疏。（苦竹）
毛骨豈殊衆，馴良猶至今。（病馬）
虎氣必騰上，龍身寧久藏。（蕃劍）
久客得無淚，故妻難及晨。（促織）
側想美人意，應悲一作非寒甃沈。（銅瓶）

谷口舊相得，濠梁同見招。（陪鄭廣文遊何將軍山林十首）

望盡一作斷似猶見，哀多如更聞。（孤雁）

七言

已知出郭少塵事，更有澄江銷客愁。（卜居）

苦遭白髮不相放，羞見黃花無數新。（九日）

側身天地更懷古，回首風塵甘息機。（將赴成都草堂，途中有作，先寄嚴鄭公五首）

可憐賓客盡傾蓋，何處老翁來賦詩。（七月一日題終明府水樓二首）

徵君已去獨松菊，哀壑無光留戶庭。（覃山人隱居）

楚妃堂上色殊衆，海鶴堦前鳴向人。（寄常徵君）

青袍白馬有何意，金谷銅駝非故鄉。（至後）

落花遊絲白日靜，鳴鳩乳燕青春深。（題省中院壁）

寵光蕙葉與多碧，點綴桃花舒小紅。（江雨有懷鄭典設）

一雙白魚不受釣，三寸黃甘猶自青。（即事）

江天漠漠鳥雙去，風雨時時龍一吟。（灩澦）

客子入門月皎皎，誰家搗練風凄凄。（暮歸）

范晞文曰：五言律詩，固要妥貼，然妥貼太過，必流於衰。苟時能出奇，於第三字中下一拗字，則妥貼中隱然有峻直之氣。老杜有全篇如此者。試舉其一云：「帶甲滿天下，胡爲君遠行。親朋盡一哭，鞍馬去孤城。草木歲月晚，關河霜雪清。離別已昨日，因見古人情。」散句如：「乾坤萬里眼，時序百年心。」「梅花萬里外，雪片一冬深。」「一逕野花落，孤村春水生。」蟲書玉珮蘚，燕舞翠帷塵。」「村舂雨外急，鄰火夜深明。」「山縣早休市，江橋春聚船。」「老馬夜知道，蒼鷹飢著人。」用實字而拗也。「行色遞隱見，人烟時有無。」「蟬聲集古寺，鳥影度寒塘。」「簷雨亂淋幔，山雲低度牆。」「飛星過水白，落月動沙虛。」用虛字而拗也。其他變態不一，却在臨時斡旋之何如耳。苟執以爲例，則盡成死法矣。

申涵光曰：作拗體詩須有疏斜之致，不衫不履。

毛奇齡曰：杜律拗體，較他人獨合聲律，即諸詩皆然。始知通人必知音也。

倒裝句

五言

鋒先衣染血，騎突劍吹毛。（喜聞官軍已臨賊境二十韻）

憶昨狂催走，無時病去憂。（憶弟二首）

龍舟移棹晚，獸錦奪袍新。（李十二白二十韻）

驥病思偏秣，鷹愁怕苦籠。（敬簡王明府）

客病留因藥，春深買爲花。（小園）

通籍微班忝，周行獨坐榮。（奉送郭中丞兼太僕卿充隴右節度使三十韻）
翠深開斷壁，紅遠結飛樓。（曉望白帝城鹽山）
風松曾曙倚，雲嶠憶春臨。（憶鄭南）
委波金不定，照席綺逾依。（月園）
水落魚龍夜，山空鳥鼠秋。（秦州雜詩）
石泉流暗壁，草露滴秋根。（日暮）
紫崖奔處黑，白鳥去邊明。（雨四首）

七言

香稻啄餘鸚鵡粒，碧梧棲老鳳凰枝。（秋興八首）
久拚野鶴如雙鬢，遮莫鄰雞下五更。（書堂飲既夜復邀李尚書下馬月下賦絕句）
榿林礙日吟風葉，籠竹和烟滴露梢。（堂成）

假借對

詩文中以諧音相對者，名爲借對，又名假對。如杜詩「次第尋書札，呼兒檢贈詩。」借「第」字作「弟」字，對兒字也。此外尚有文義虛實不同而相對者，亦爲借對。

五言

子雲清自守，今日起爲官。（送楊六判官使西蕃）

行李淹吾舅，誅茅問老翁。（巫峽敝廬奉贈侍御四舅別之澧朗）

次第尋書札，呼兒檢贈詩。（哭李常侍嶧二首）

枸杞因吾有，雞栖奈汝何。（惡樹）

飲子頻通汗，懷君想報珠。（寄韋有夏郎中）

驥子春猶隔，鶯歌暖正繁。（憶幼子）

荒村建子月，獨樹老夫家。（草堂卽事）

紫誥仍兼綰，黃麻似六經。（贈翰林張四學士垍）

愛酒晉山簡，能詩何水曹。（北鄰）

非尋戴安道，似向習家池。（從驛次草堂復至東屯茅屋二首）

無復隨高鳳，空餘泣聚螢。（贈翰林張四學士垍）

坐開桑落酒，來把菊花枝。（九日楊奉先會白水崔明府）

本無丹竈術，那免白頭翁。（陪章留後侍御宴南樓，得風字）

七言

老去詩篇渾漫與，春來花鳥莫深愁。（江上値水如海勢，聊短述）

竹葉於人既無分，菊花從此不須開。（九日五首）

附錄

楊德周曰：詩有假對法，「如子雲淸自守，今日起爲官。」「次第尋書札，呼兒檢贈詩。」以「日」對「雲」以「第」對「兒」是也。後人濫觴，借「一」對「柏」，以「十」對「遷」，謬矣。

當句對

當句對亦名自對，容齋隨筆云：唐人詩文，或於一句中自成對偶，謂之當句對。蓋起於楚辭：蕙烝、蘭藉、桂酒、椒漿，桂櫂、蘭枻，斵冰、積雪。自齊梁以來，江文通、庾子山諸人亦如此。杜詩如「小院回廊春寂寂，浴鳧飛鷺晚悠悠」之類，不可勝舉。

五言

四十明朝過（一作是），飛騰暮景斜。（杜位宅守歲）

鳳歷軒轅紀，龍飛四十春。（上韋左相二十韻）

甘子陰涼葉，茅齋八九椽。（秋日夔府詠懷，奉寄鄭監李賓客之芳一百韻）

妙取筌蹄棄，高宜百萬層。（寄峽州劉伯華使君四十韻）

百萬傳深入，寰區望匪他。（散愁二首）

羈棲愁裏見，二十四迴明。（月三首）

白狗黃牛峽，朝雲暮雨祠。（奉送崔都水翁下峽）

蛟龍引子過，荷芰逐花低。（到村）

七言

桃花細逐楊花落，黃鳥時兼白鳥飛。（曲江對酒）

南極一星朝北斗，五雲多處是三臺。（送李八祕書赴杜相公幕）

泊船秋夜經春草，伏枕青楓限玉除。（寄岑嘉州）

小院迴廊春寂寂，浴鳧飛鷺晚悠悠。（涪城縣香積寺官閣）

清江錦石傷心麗，嫩蕊濃花滿目斑。（滕王亭子二首）

書籤藥裏封蛛網，野店山橋送馬蹄。（將赴成都草堂，途中有作，先寄嚴鄭公五首）

戎馬不如歸馬逸，千家今有百家存。（白帝）

捨舟策馬論兵地，拖玉腰金報主身。（季夏送鄉弟韶陪黃門從叔朝謁）

桃蹊李徑年雖古，梔子紅椒豔復殊。（寒雨朝行視園樹）

庾信羅含俱有宅，春來秋去作誰家。（舍弟觀赴藍田領妻子到江陵喜寄三首）

楓林橘樹丹青合，複道重樓錦繡懸。（夔州歌十絕句）

落花遊絲白日靜，鳴鳩乳燕青春深。（題省中壁）

扇對

扇對亦稱隔句對。苕溪漁隱叢話：「律詩有扇對格」第一句與第三句對，第二句與第四句對。如少陵哭鄭司戶蘇少監詩：「得罪臺州去，時危棄碩儒；移官蓬閣後，穀貴歿潛夫。」之類是也。按少陵集中扇對格共有六首：

得罪臺州去，時危棄碩儒；移官蓬閣後，穀貴歿潛夫。（哭臺州鄭司戶蘇少監）

煖客貂鼠裘，悲管逐清瑟；勸客駝蹄羹，香橙壓金橘。（自京赴奉先縣詠懷五百字）

永與奧區固，川原紛眇冥；居然赤縣立，臺榭爭岧亭。（橋陵詩三十韻因呈縣內諸官）

飄颻西極馬，來自渥洼池；颯飄寒山桂，低徊風雨枝。（贈崔十三評事公輔）

喜近天皇寺，先披古畫圖；應經帝子渚，同泣舜蒼梧。（大曆三年春，白帝城放船，出瞿塘峽，久居夔，府將適江陵漂泊有詩凡四十韻）

豈無成都酒，憂國只細傾；時觀錦水釣，問俗終相并。（贈左僕射鄭國公嚴武公）

實字活用

弟子「貧」原憲，諸生「老」服虔。（寄岳州賈司馬六丈，巴州嚴使君兩閣老五十韻）
子能「渠」細石，吾亦「沼」清泉。（自瀼西荆扉且移居東屯茅屋四首）
露菊「斑」豐鎬，秋蔬「影」澗瀍。（秋日夔府詠懷，奉寄鄭監審李賓客之芳一百韻）
異芳初「豔」菊，故里亦「高」桐。（陪鄭公秋晚北池臨眺）
城「春」草木深。（春望）
春「青」彭澤田。（題郪縣郭三十二明府茅屋壁）
天棘「蔓」青絲。（已上人茅齋）
別浦雁「賓」秋。（重送劉十弟判官）
向晚「霾」殘日。（北風）
不獨「陵」我倉。（秋行官張望督促東渚耗稻向畢清晨遣女奴阿稽豎子阿段往問）
秀巖「西」未已。（塞蘆子）
片帆「左」郴岸。（入衡州）

五平五仄句

清暉回羣鷗，暝色帶遠客。（石櫃閣）
凌晨過驪山，御榻在嵽嵲。（自京赴奉先，詠懷五百字）

憂端齊終南，澒洞不可掇。（同前）
前登寒山重，屢得飲馬窟。（北征）
鴟梟鳴黃桑，野鼠拱亂穴。（同前）
吁嗟乎蒼生，稼穡不可救。（九日寄岑參）

實裝句

羣公蒼玉佩，天子翠雲裘。（更題）
前軍蘇武節，左將呂虔刀。（喜聞官軍已臨賊境二十韻）
晉室丹陽尹，公孫白帝城。（送元二適江左）
風塵三尺劍，社稷一戎衣。（重經昭陵）
渭北春天樹，江東日暮雲。（春日憶李白）
身世雙蓬鬢，乾坤一草亭。（暮春題瀼西新賃草屋五首）

三折句

風急天高猿嘯哀，渚清沙白鳥飛迴。（登高）

露下天高秋氣清，空山獨夜旅魂驚。（夜）

時危兵革黃塵裏，日短江湖白髮前。（公安送韋二少府匡贊）

思家步月清宵立，憶弟看雲白日眠。（恨別）

殊方日落玄猿哭，故國霜前白雁來。（九日五首）

盤飧市遠無兼味，樽酒家貧只舊醅。（客至）

十字格

韻語陽秋：五言律詩，於對聯中，十字作一意處，詩家謂之十字格。

直愁騎馬滑，故作泛舟回。（放船）

不愁巴道路，恐濕漢旌旗。（對雨）

天邊長作客，老去一霑巾。（江月）

病中吾見弟，書到汝爲人。（喜觀即到復題短篇二首）

偷春格

無家對寒食，有淚如金波。斫却月中桂，清光應更多。（一百五日對月）

夢溪筆談：此詩首二對起，三四散承，謂之偷春格。如梅花偷春色而先開也。

重句

一

驊騮開道路。（奉贈鮮于京兆二十韻）
驊騮開道路。（奉簡高三十五使君）

二

形骸原土木。（舟中出江陵南浦奉寄鄭少尹審）
形骸實土木。（故著作郎貶臺州司戶滎陽鄭公虔）

三

奉使待張騫。（寄岳州賈司馬六丈巴州嚴八使君兩閣老五十韻）
奉使失張騫。（哭李尙書之芳）

四

平生江海興。（南池）
平生江海心。（破船）

五

江連白帝深。（渝州候嚴六侍御不到，先下峽）

江依白帝深。（雲）

六

昔在開元中。（送顧八分文學適洪吉州）

昔者開元中。（贈太子太師汝陽郡王璡）

叁、押韻

一、平韻

中

五言

乾坤震蕩中。（寄賀蘭銛）
園陵白露中。（洞庭）
萬家雲氣中。（苦雨奉寄隴西公兼呈王徵之）
天涯水氣中。（送裴二虯尉永嘉）
江流宿霧中。（客亭）
亭窺萬井中。（登牛頭山亭子）
出入錦城中。（寄贈王十將承俊）
交親氣槩中。（投贈哥舒開府翰二十韻）
形骸痛飲中。（陪章留後侍御宴南樓，得風字）

倚劍短亭中。（寄司馬山人十二韻）
經書滿腹中。（吾宗）
鮮鱠出江中。（王十五前閣會）
稽留楚客中。（老病）
名玷薦賢中。（春日江村五首）
誰憐病峽中。（社日兩篇）
蕭瑟九原中。（哭長孫侍御）
常在羈旅中。（遣興三首）
曾波白石中。（天池）
江邨亂水中。（向夕）
莫置大水中。（三韻三首）
踏藕野泥中。（陪鄭公秋晚北池臨眺）
暮在青泥中。（泥功山）
山鬼閉門中。（巫峽敝廬奉贈侍御四舅別之澧朗）
秪合在舟中。（遣悶，奉呈嚴鄭公二十韻）

七言

玉殿虛無野寺中。(詠懷古跡五首)
日落靑龍見水中。(陪李七司馬皂江上觀造竹橋，卽日成，往來之人免冬寒入水聊題短作簡李公)
無腹射蛟江水中。(韋諷錄事宅觀曹將軍畫馬圖)
未掣鯨魚碧海中。(戲爲六絕句)
何恨憔悴在水中。(君不見簡蘇徯)
春雨闇闇塞峽中。(江雨有懷鄭典設)
臥病擁塞在峽中。(暮春)
婦女多在官軍中。(三絕句)
曹劉不待薛郎中。(解悶十二首)
跳枝竄葉樹木中。(又一首)
意匠慘澹經營中。(丹靑引贈曹將軍霸)
武帝旌旗在眼中。(秋興八首)

同

五言

高山四面同。(自瀼西荆扉且移居東屯茅屋四首)

玆樓清宴同。(寄司馬山人十二韻)

歸來御席同。(投翰哥舒開府翰二十韻)

菱芡古今同。(天池)

樵聲箇箇同。(秋野五首)

清漏往時同。(洞房)

絕境與誰同。(送裴二虬尉永嘉)

衣冠與世同。(吾宗)

恥與萬人同。(敬簡王明府)

不與故園同。(大曆二年九月三十日)

雞棲草屋同。(向夕)

望遠歲時同。(九日登梓州城)

招尋令節同。(上巳日徐司錄林園集宴)

何人高義同。(寄贈王十將軍承俊)

罷朝歸不同。(奉荅岑參補闕見贈)

人今出處同。(巫峽敝廬奉贈侍御四舅別之澧朗)

談笑偶然同。（寄司馬山人十二韻）
飲啄幾回同。（寄賀蘭銛）
分曹失異同。（遣悶奉呈嚴鄭公二十韻）
欲語羞雷同。（前出塞九首）
七夕誰見同。（牽牛織女）

七言

萬顆勻圓訝許同。（野人送朱櫻）
一體君臣祭祀同。（詠懷古跡五首）
伐木爲橋結構同。（陪李七司馬皂江上觀造竹橋即日成往來之人免冬寒入水聊題短作簡李公）
捷書夜報清晝同。（洗兵馬）
皆與此圖筋骨同。（韋諷錄事宅觀曹將軍畫馬圖）
萬里鞦韆習俗同。（清明二首）
縱暴略與羌渾同。（三絕句）

重

五言

烟花一萬重。（傷春五首）
烟霞嶂幾重。（謁眞諦寺禪師）
五雲起九重。（往在）
乘輿安九重。（贈蘇四徯）
結構坐來重。（惠義寺送王少尹赴成都）
誰看異味重。（李監宅二首）
新掩卷牙重。（庭草）

七言

休道秦關百二重。（諸將五首）
近市浮烟翠且重。（暮春四安寺鐘樓，寄裴十迪）

遲

五言

天遠暮江遲。（遣興）
雲在意俱遲。（江亭）

老去願春遲。（可惜）
沙暝日色遲。（後遊）
江迥月來遲。（觀作橋成，月夜舟中有述，還呈李司馬）
輕風生浪遲。（陪諸貴公子丈八溝攜妓納涼，晚際遇雨二首）
花殘步屐遲。（答鄭十七郎一絕）
躬耕也未遲。（諸葛廟）
還丹日月遲。（冬日有懷李白）
京華消息遲。（雨四首）
花邊行自遲。（大雲寺贊公房四首）
見日敢辭遲。（遣興）
繩橋戰勝遲。（對雨）
報主爾何遲。（有感）
執玉爾何遲。（有感五首）
六印佩何遲。（暮冬送蘇四郎徯兵曹適桂州）
風破寒江遲。（蘇大侍御渙，訪江浦，賦八韻寄異）
歸山獨鳥遲。（秦州雜詩）

開樽獨酌遲。（獨酌）
寒日出霧遲。（早發射洪縣南途中作）
茶瓜留客遲。（已上人茅齊）
頗覺寄來遲。（佐還山後寄三首）
敢恨省郎遲。（夔府書懷四十韻）
波亂日華遲。（暮春題瀼西新賃草屋五首）
今日過雲遲。（雨四首）
春寒花較遲。（人日二首）
公侯來未遲。（奉送魏六丈佑少府之交廣）
烏几伴棲遲。（移居公安敬贈衞大郎鈞）

七言

東方明星亦不遲。（曉發公安）
退食從容出每遲。（宣政殿退朝，晚出左掖）
邂逅無端出餞遲。（送鄭十八虔貶臺州司戶，傷其臨老陷賊之故，闕為面別，情見於詩）

垂

五言

嗁痕滿面垂。（元日寄韋氏妹）

白首涙雙垂。（過故斛斯校書莊二首）

酣歌涙欲垂。（雲安九日，鄭十八攜酒陪諸公宴）

涙點向來垂。（傷春五首）

無慙困翮垂。（贈崔十三評事公輔）

焉得不低垂。（水檻）

天寒橘柚垂。（從驛次草堂復至東屯茅屋二首）

朱鳳日威垂。（北風）

功成名空垂。（奉送魏六丈佑少府之交廣）

名聲豈浪垂。（偶題）

七言

戶外昭容紫袖垂。（紫宸殿退朝口號）

白頭吟望苦低垂。（秋興八首）
酒酣並轡金鞭垂。（承聞河北諸道節度入朝，歡喜口號絕句十二首）
黑入太陰雷雨垂。（戲韋偃為雙松圖歌）

移

五言

沙沈榻未移。（重遊何氏五首）
殘樽席更移。（過南鄰朱山人水亭）
蓬萊仗數移。（宿昔）
處處總能移。（麗春）
青鷗坐不移。（雨四首）
抱疾屢遷移。（偶題）
雲臺仗數移。（贈崔十三評事公輔）
京華舊國移。（元日寄韋氏妹）

七言

仙侶同舟晚更移。（秋興八首）

花覆千官淑景移。（紫宸殿退朝口號）

疑

五言

叢篁春鳥疑。（苦竹）

纖絺恐自疑。（雨）

霜蹄去不疑。（暮春江陵送馬大卿公恩命追赴闕下）

春雲哭九疑。（暮冬送蘇四郎徯兵曹適桂州）

七言

楚宮猶對碧峰疑。（夔州歌十絕句）

舟人指點到今疑。（詠懷古跡五首）

孟子論文更不疑。（解悶十二首）

隨

江湖興頗隨。（陪鄭廣文遊何將軍山林十首）

輕香酒暫隨。（雲安九日，鄭十八攜酒陪諸公宴）
從此數追隨。（過南鄰朱山人水亭）
去帆春色隨。（贈崔十三評事公輔）
黔溪瘴遠隨。（孟冬）
不得相追隨。（送高三十五書記十五韻）

爲

聰明達所爲。（同豆盧峯貽主客李員外賢子棐知字韻）
氣酣達所爲。（奉送魏六丈佑少府之交廣）
方多變所爲。（孟冬）
得志行所爲。（詠懷二首）
一學楚人爲。（從驛次草堂，復至東屯茅屋二首）
樂任主人爲。（寄戎州楊使君東樓）
何必欄檻爲。（水檻）
顏狀老翁爲。（贈畢四曜）
焉用窮荒爲。（送高三十五書記十五韻）

餘波綺麗爲。（偶題）
書齋聞爾爲。（和江陵宋大少府暮春雨後，同諸公及舍弟宴書齋）
道屈爾何爲。（贈崔十三評事公輔）
學母無不爲。（北征）
此贈怯輕爲。（送王侍御往東川放生池祖席）
雖多亦奚爲。（病橘）

附　錄

盧方昌曰：公詩慣用「爲」字作韻脚。如贈畢曜曰「顏狀老翁爲。」此「爲」字下得苦；孟冬詩曰「方冬變所爲。」此「爲」字下得微。送王侍御曰「此贈怯輕爲。」此「爲」字下得逸。偶題曰「餘波綺麗爲。」此「爲」字下得雅。復至東屯曰「一學楚人爲。」此爲字下得傲。和宋少甫書齋曰「書齋聞爾爲」此爲字下得蘊藉。寄戎州楊使君曰「樂任主人爲。」此爲字下得跌宕。

之

五　言

吾道竟何之。（秦卅雜記）
捨此復何之。（後遊）

弟妹各何之。（遣興）
蜀使下何之。（夔府書懷四十韻）
遊子有所之。（赤谷）
予病汝知之。（移居公安敬贈衞大郎）
名家信有之。（暮春江陵送馬大卿公恩命追赴闕下）
歷代皆有之。（奉送魏六丈佑少府之交廣）
蘇氏今有之。（贈蘇大侍御渙）

七言

藥餌扶吾隨所之。（曉發公安）

歸

五言

林茂鳥知歸。（秋野五首）
好鳥知人歸。（甘林）
鴻雁將要歸。（北風）

雞犬亦忘歸。（寒食）
蒼隼護巢歸。（重題鄭氏東亭）
飄零何處歸。（螢火）
今年強作歸。（巫山縣汾州唐使君十八弟宴別，兼諸公攜酒樂相送，率題小詩，留於屋壁）
今年又北歸。（歸雁二首）
三年望汝歸。（憶弟二首）
八月自知歸。（歸燕）
亂定幾年歸。（歸雁）
賢客幸知歸。（九日諸人集於林）
似有故園歸。（傷秋）
秋帆催客歸。（登舟將適漢陽）
有意待人歸。（夜宿西閣，呈元二十一曹長）
自憐猶不歸。（贈韋贊善別）
吾儕醉不歸。（宿胡侍御書堂）
浮雲薄未歸。（晚晴）
安流逆浪歸。（雨不絕）

欲報凱歌歸。（西山三首）
論功未盡歸。（遣憤）
賦斂夜深歸。（夜二首）
家須農事歸。（復愁十二首）
門闌誰送歸。（送盧十四弟侍御護韋尚書靈櫬歸上都二十四韻）
王肯載同歸。（傷春五首）
車輿使者歸。（送何侍御歸朝）
神物有所歸。（幽人）
鳴鑾自陝歸。（巴西聞收京闕，送班司馬入京）
山邊漢節歸。（秦州雜詩）
詼諧割肉歸。（社日兩篇）
生得渡河歸。（即事）
征人白骨歸。（秋笛）
山高客未歸。（秦州雜詩）
天隅人未歸。（雨四首）
公主漫無歸。（警急）

空聞二妙歸。（范二員外邈吳十侍御郁特枉駕，闕展待，聊寄此作）

七言

泠泠脩竹待王歸。（戲作，寄上漢中王二首）
來歲如今歸未歸。（見螢火）
黃草峽西船不歸。（黃草）
早晚孤舟他夜歸。（秋風二首）
羲和送將何所歸。（前苦寒行二首）
未待安流逆浪歸。（雨不絕）
白頭拾遺徒步歸。（徒步歸行）
烏皮几在還思歸。（將赴成都草堂，途中有作，先寄嚴鄭公五首）
故鄉猶恐未同歸。（送韓十四江東省覲）
每日江頭盡醉歸。（曲江二首）

違

五言

歲晚寸心違。（贈韋贊善別）
寥落寸心違。（送何侍御歸朝）
白首壯心違。（夜）
回首意多違。（即事）
茲日倍多違。（巫山縣汾州唐使君十八弟宴別，兼諸公攜酒樂相送，率題小詩，留於屋壁）
墨客興無違。（宴胡侍御書堂）
懷舊禮無違。（送盧十四弟侍御護韋尚書靈櫬歸上都二十四韻）
難教一物違。（秋野五首）
有心遲暮違。（登舟將適漢陽）
馨香願不違。（社日兩篇）
鄰家問不違。（寒食）

七言

重嗟筋力故山違。（十二月一日三首）
劉向傳經心事違。（秋興八首）
暫時相賞莫相違。（曲江二首）

嬾朝眞與世相違。（曲江對酒）
請公臨深莫相違。（陪王侍御同登東山最高頂，宴姚通泉，晚攜酒泛江）

肥

五言

熊羆覺自肥。（晚晴）
羣兇嗜慾肥。（送盧十四弟侍御護韋尙書靈櫬歸上都二十四韻）

七言

五陵裘馬自輕肥。（秋興八首）
衣馬不復能輕肥。（徒步歸行）

揮

脫粟爲爾揮。（甘林）
失涕萬人揮。（送盧十四弟侍御護韋尙書靈櫬歸上都二十四韻）

疏

五言

花萼尙蕭疏。(遠懷舍弟穎觀等)
瓠葉轉蕭疏。(除架)
歲晚莫情疏。(寄高三十五詹事)
因歌野興疏。(將別巫峽，贈南卿兄瀼西果園四十畝)
中宵步綺疏。(中宵)
歸路跬步疏。(溪漲)
中散舊交疏。(贈李八秘書別三十韻)
那堪野館疏。(寄李十四員外布十二韻)
新居已暗疏。(戲作俳諧體遣悶二首)
關中驛騎疏。(逢唐興劉主簿弟)
恭惟漢網疏。(秋日荆南送石首薛明府辭滿告別，奉寄薛尙書頌德叙懷，斐然之作三十韻)
朝廷記憶疏。(酬韋韶州見寄)
俯映江木疏。(五盤)

七言

斗酒新詩終自疏。(寄岑嘉州)

能使韋郎跡也疏。(投簡梓州幕府，兼簡韋十郎官)

梁公富貴於身疏。(惜別行，送劉僕射判官)

阮籍焉知禮法疏。(奉酬嚴公寄題野亭之作)

虛

五言

落月動沙虛。(中宵)

寒江動碧虛。(秋野五首)

朝光切太虛。(瀼西寒望)

溶溶滿太虛。(對雨書懷，走邀許主簿)

宮簾翡翠虛。(秋日荊南送石首薛明府辭滿告別，奉寄薛尚書頌德敍懷，斐然之作，三十韻)

臺榭楚宮虛。(贈李八秘書別三十韻)

晝鷁上凌虛。(寄李十四員外布十二韻)

傾霜雪片虛。（白小）
喜異賞朱虛。（贈李八秘書別三十韻）
白日當空虛。（謁文公上方）

七言

府庫不爲驕豪虛。（惜別行，送劉僕射判官）

附錄

楊德周曰：杜詩「落月動沙虛。」「寒江動碧虛。」「朝光切太虛。」「物役水虛照。」「沙虛岸只摧。」「牕虛交茂林。」用「虛」字無一不妙。

餘

五言

吟多意有餘。（復愁十二首）
平生意有餘。（贈李八秘書別三十韻）
含淒意有餘。（漢州王大錄事宅作）
山色佳有餘。（五盤）

冷冷風有餘。（寄李十四員外布十二韻）
食薇不願餘。（草堂）
乍問緒業餘。（別張十三建封）
荒城魯殿餘。（登兗州城樓）
小城萬丈餘。（潼關吏）
西閣百尋餘。（中宵）
溪水纔尺餘。（溪漲）
垂名報國餘。（秋日荊南送石首薛明府辭滿告別，奉寄薛尚書頌德敘懷斐然之作三十韻）
不下十年餘。（謁文公上方）

七言

年少今開萬卷餘。（柏學士茅屋）

初

五言

玆辰放鷁初。（將別巫峽，贈南卿兄瀼西果園四十畝）

南樓縱目初。(登兗州城樓)

迴向心地初。(謁文公上方)

人生亦有初。(除架)

扈蹕上元初。(贈李八秘書別三十韻)

國家草昧初。(別張十三建封)

方期解纜初。(寄李十四員外布十二韻)

更與萬方初。(收京三首)

西候別君初。(秋日荊南石首薛明府辭滿告別，奉寄薛尚書頌德敘懷，斐然之作，三十韻)

西郊白露初。(得家書)

七言

浪翻江黑雨飛初。(解悶十二首)

無

五言

稀星乍有無。(倦夜)

人烟時有無。（自閬州領妻子却赴蜀山行二首）

昭君宅有無。（大曆三年春，白帝城放船，出瞿唐峽，久居夔府，將適江陵，漂泊有詩，凡四十韻）

黃金傾有無。（遣懷）

雲雨竟虛無。（熱三首）

骨鯁絕代無。（入奏行，贈山西檢察使竇侍御）

文章埽地無。（哭臺州鄭司戶蘇少監）

藥餌峽中無。（寄韋有夏郎中）

春生力更無。（過南嶽入洞庭湖）

見爾不能無。（贈高式顏）

哀今徵斂無。（客從）

脣裂板齒無。（戲贈友二首）

七言

三伏炎蒸定有無。（又作此奉衞王）

玄圃尋河知有無。（岳麓山道林二寺行）

丹橘黃甘此地無。（寒雨，朝行視園樹）

中有高唐天下無。（夔州歌十絕句）
五陵佳氣無時無。（哀王孫）
幕下郎官安穩無。（投簡梓州幕府，兼簡韋大郎官）
更有思明亦已無。（承聞河北諸節度入朝，歡喜口號絕句十二首）

呼

五言

槍急萬人呼。（送蔡希魯都尉還隴右，因寄高三十五書記）
韓彭不易呼。（大曆三年春，白帝城放船，出瞿唐峽，久居夔府，將適江陵，漂泊有詩，凡四十韻）
旣夕應傳呼。（反照）
稚子入雲呼。（自閬州領妻子，卻赴蜀山行三首）
春鷗洗翅呼。（寄韋有夏郎中）
三更鳥獸呼。（北風）
饑鷹待一呼。（贈韋左丞大濟）
望絕撫墳呼。（哭臺州鄭司戶蘇少監）
天寒鶬鴰呼。（纜船苦風，戲題四韻，奉簡鄭十三判官）

軒楹勢可呼。（畫鷹）
絕倒爲驚呼。（別蘇徯）
雁鶖空相呼。（遣懷）
風雨聞號呼。（草堂）
存沒再嗚呼。（遣懷）

七言

夜飛延秋門上呼。（哀王孫）
太守庭內不喧呼。（岳麓山道林二寺行）
斲木火井窮猿呼。（入奏行，贈西山檢察使竇侍御）
四月五日偏號呼。（杜鵑行）

如

五言

內熱比何如。（寄李十四員外布十二韻）
盡取義何如。（白小）

功業竟何如。（別張十三建封）
暮雀意何如。（除架）
主簿意何如。（逢唐興劉主簿弟）
夜來復何如。（溪漲）
跋涉體何如。（秋日荊南送石首薛明府辭滿告別，奉寄薛尚書頌德敍懷，斐然之作，三十韻）
賦或似相如。（酬高使君相贈）
乾坤欲晏如。（贈李八秘書別三十韻）
禪龕只晏如。（謁文公上方）
輕舟進所如。（秋清）
大城鐵不如。（潼關吏）
新詩錦不如。（酬韋韶州見寄）
他時錦不如。（將別巫峽，贈南卿兄瀼西果園四十畝）
鷗行炯自如。（瀼西寒望）

七言

道甫問訊今何如。（送孔巢父謝病歸遊江東，兼呈李白）

迷

五言

歸院柳邊迷。（晚出左掖）
登樓望欲迷。（春日梓州登樓二首）
衰白意都迷。（送舍弟穎赴齊州三首）
逢迎遠復迷。（水宿遣興，奉呈羣公）
雜樹晚相迷。（晚秋陪嚴鄭公摩訶池泛舟，得溪字）
須令賸客迷。（自瀼西荊扉且移居東屯茅屋四首）
定似昔人迷。（卜居）
歸時路恐迷。（佐還山後寄二首）
歸路恐長迷。（散愁二首）
指揮徑路迷。（泛溪）
遠去終轉迷。（無家別）
詣絕古今迷。（奉贈太常張卿垍二十韻）
榛草卽相迷。（到村）

回復一作首意猶迷。（自閬州領妻子，卻赴蜀山行三首）

七　言

武林春樹他人迷。（寄從孫崇簡）

橘刺藤梢咫尺迷。（將赴成都草堂，途中有作，先寄嚴鄭公五首）

來

五　言

江從月窟來。（瞿唐懷古）

江從灌口來。（野望，因過常少仙）

扁舟任往來。（秋日荊南述懷三十韻）

孤雲自往來。（上白帝城二首）

春帆細雨來。（送翰林張司馬南海勒碑）

冥冥細雨來。（梅雨）

驛樹出城來。（龍門）

云自陝城來。（巴山）

黃知橘柚來。（放船）
野靜白鷗來。（朝二首）
雨灑石壁來。（雨）
行軍數騎來。（徐九少尹見過）
愧子廢鉏來。（晚晴，吳郎見過北舍）
頭白好歸來。（不見）
萬里風雲來。（昔遊）
問我數能來。（春日江村五首）
秋風早下來。（奉寄李十五秘書文嶷二首）
深蟠絕壁來。（雷）
密作（舊作塞密）渡江來。（雨）
叢花笑不來。（發白馬潭）
音書靜不來。（雲山）
頻傷八月來。（千秋節有感二首）
無由弟妹來。（遣愁）
不見一人來。（早花）

難得一枝來。（九日五首）
霧裡仙人來。（冬到金華山觀，因得故拾遺陳公學堂遺跡）
功自蕭曹來。（遣古三首）
辛苦賊中來。（喜達行在所三首）
宛馬至今來。（秦州雜詩二十首）
名是漢廷來。（李監宅二首）
客散鳥還來。（課小豎鉏斫舍北果林，枝蔓荒穢，淨訖移牀三首）
金魚換酒來。（陪鄭廣文遊何將軍山林十首）
相隨獨爾來。（舍弟占歸草堂檢校，聊示此詩）
汝去幾時來。（送舍弟穎赴齊州三首）
瀘水復西來。（熱三首）
捧擁從西來。（山寺）

七言

殊方又喜故人來。（奉待嚴大夫）
劍門猶阻北人來。（秋盡）

錦江春色逐人來。(諸將五首)
青簾白舫益州來。(送李八秘書赴杜相公幕)
渡海疑從北極來。(見王監兵馬使說，近山有白黑二鷹，羅者久取，竟未能得，王以為毛骨有異他鷹，恐臘後春生，騫飛避暖，勁翮思秋之甚，眇不可見，請余賦詩二首)
鄰雞還過短牆來。(王十七侍御掄，許攜酒至草堂，奉寄此詩，便請邀高三十五使君同到)
黃帽青鞋歸去來。(發劉郎浦)
先生早賦歸去來。(醉時歌)
江頭樹裏共誰來。(又送)
白白江魚入饌來。(送王十五判官扶侍還黔中，得開字)
二月已破三月來。(絕句漫興九首)
健如黃犢走復來。(百憂集行)
悲風為我從天來。(乾元中寓居同谷縣作歌七首)
門外鸕鷀去不來。(三絕句)
果園坊裏為求來。(詣徐卿覓果栽)
赤日照耀從西來。(晚晴)
氣酣日落西風來。(蘇端薛復筵簡薛華醉歌)

賈客船隨返照來。（野老）
欲問平安無使來。（所思）
絲管啁啾空翠來。（渼陂行）
但見羣鷗日日來。（客至）
舊國霜前白雁來。（九日五首）
不盡長江滾滾來。（登高）

開

五言

山寒雨不開。（放船）
蛟龍鬬不開。（雨）
風塵暗不開。（送舍弟潁赴齊州三首）
干戈塞未開。（秋日荆南述懷三十韻）
郊扉冷未開。（朝二首）
居人門未開。（雨）
連山雨未開。（雨）

殘山碣石開。（陪鄭廣文遊何將軍山林十首）
高城烟霧開。（李監宅二首）
柴門隔徑開。（晚晴，吳郎見過北舍）
柴荆莫浪開。（舍弟占歸草堂檢校，聊示此詩）
雲霧密難開。（梅雨）
金銀佛寺開。（龍門）
山花已自開。（早花）
林花落又開。（上白帝城二首）
江湖萬里開。（奉寄李十五秘書文嶷二首）
碑到百蠻開。（送翰林張司馬南海勒碑）
日出野船開。（登白馬潭）
勍敵兩崖開。（瞿唐懷古）
連山望忽開。（喜達行在所三首）
嘗果栗皺開。（野望，因過常少仙）
鷗邊水葉開。（春日江村五首）
何時郡國開。（秦州雜詩）

東郊何時開。（白水崔少府十九翁高齋三十韻）
鬱蒸何由開。（夏日歎）
淡然川谷開。（冬到金華山觀，因得故拾遺陳公學堂遺跡）
咄嗟檀施開。（山寺）
洞達寰區開。（昔遊）
但愧菊花開。（九日五首）
茫茫何所開。（遣愁）
祚永固有開。（述古三首）
風門颯沓開。（熱三首）
南遊北戶開。（舍弟觀歸藍田迎新婦送示二首）

七言

謫官一作居樽酒定常開。（所思）
蓬門今始爲君開。（客至）
白屋寒多煖始開。（王十七侍御掄，許攜酒至草堂，奉寄此詩，便請邀高三十五使君同到）
懷抱何時得好開。（秋盡）

一生襟抱向誰開。（奉待嚴大夫）
櫓搖背指菊花開。（送李八秘書赴杜相公幕）
殘花悵望近人開。（又送）
嫩蕊商量細細開。（江畔獨步七絕句）
柴門不正逐江開。（野老）
菊花從此不須開。（九日五首）
南天三旬苦霧開。（晚晴）
主人錦帆相爲開。（渼陂行）
鯨魚跋浪滄溟開。（短歌行，贈王郎司直）
風生洲渚錦帆開。（送王十五判官，扶侍還黔中，得開字）

催

五言

未去小童催。（晚晴，吳郎見過北舍）
誰憂客鬢催。（早花）
身世白駒催。（秋日荆南述懷三十韻）

形容老病催。（送舍弟潁赴齊州三首）

七言

天時人事日相催。（小至）
干戈衰謝兩相催。（九日五首）
客行歲晚尤相催。（發劉郎浦）
恐失佳期後命催。（送李八秘書赴杜相公幕）
遠下荆門去鷁催。（奉待嚴大夫）

哉

五言

王師安在哉。（夏日歎）
羣臣安在哉。（巴山）
朱炎安在哉。（雨）
浮名安在哉。（秋日荆南述懷三十韻）
齊州安在哉。（送舍弟潁赴齊州三首）

川陸白悠哉。（龍門）
坐穩興悠哉。（放船）
秋望轉悠哉。（野望，因過常少仙）
濟時亦良哉。（遣古三首）
當年亦壯哉。（上白帝城二首）
供給亦勞哉。（昔遊）
陶鈞力大哉。（瞿唐懷古）

七言

鳳凰麒麟安在哉。（又觀打魚）
亦知窮愁安在哉。（蘇端薛復筵簡薛華醉歌）
儒術於我何有哉。（醉時歌）
高唐暮冬雪壯哉。（晚晴）

人

五言

寂寞向時人。(贈別賀蘭銛)
慘淡向時人。(寄張十二山人彪三十韻)
臨危憶古人。(遣憂)
間道暫時人。(喜達行在所三首)
號爾謫仙人。(贈李十二白二十韻)
嗟爾太平人。(中夜)
相逢故國人。(上白帝城二首)
愁殺白頭人。(月二首)
愁殺錦城人。(奉送嚴公入朝十韻)
時邀江海人。(贈王二十四侍御契四十韻)
終爲江海人。(秋日寄題鄭監湖上亭三首)
低頭愧野人。(獨酌成詩)
高樓思殺人。(江月)
秋江思殺人。(雨晴)
江花報邑人。(送趙十七明府之縣)
題書報旅人。(與嚴二郎奉禮別)

眉宇眞仙人。（贈太子太師汝陽郡王璡）
霸上遠愁人。（柳邊）
清朝燕賀人。（奉和陽城郡王太夫人恩命加封鄧國太夫人）
江山憔悴人。（送孟十二倉曹赴東京選）
空谷滯斯人。（送惠二歸故居）
別後見何人。（奉送十七舅下邵桂）
謀拙竟何人。（太歲日）
如公復幾人。（奉簡高三十五使君）
賢良復幾人。（奉贈鮮于京兆二十韻）
何由見一人。（贈別何邕）
舟楫控吳人。（江陵望幸）
投壺郭舍人。（能畫）
試覓姓龐人。（贈別鄭鍊赴襄陽）
落日未逢人。（奉屯北崦）
乘時各有人。（謁先主廟）
書到汝爲人。（喜觀即到復題短篇二首）

君側有讒人。（百舌）
嵇康有故人。（奉贈蕭十二使君）
丹墀有故人。（送司馬入京）
更覺老隨人。（奉酬李都督表丈早春作）
倚杖更隨人。（十七夜對月）
檣燕語留人。（發潭州）
肯別定留人。（不離西閣二首）
回頭錯應人。（漫成二首）
哀音何動人。（促織）
疏快頗宜人。（賓至）
處處待高人。（奉送韋中丞之晉赴湖南）
家家惱殺人。（奉陪鄭駙馬韋曲二首）
公侯出異人。（奉寄李十五秘書嶷二首）
岳牧用詞人。（送陵州路使君之任）
飄飄征戍人。（熱三首）
生涯倚衆人。（上韋左相二十韻）

蒼鷹飢著人、。（觀安西兵過赴關中待命二首）

七言

風飄萬點正愁人。（曲江二首）
未須料理白頭人。（江畔獨步尋花七絕句）
名家莫出杜陵人。（季夏送鄉弟韶陪黃門從叔朝謁）
長安水邊多麗人。（麗人行）
屢貌尋常行路人。（丹青引，贈曹將軍霸）
落日更見漁樵人。（崔氏東山草堂）
起居八座太夫人。（奉送蜀州柏二別駕將中丞命赴江陵，起居衞尙書太夫人，因示從弟行軍司馬位）
野航恰受兩三人。（南鄰）
麗藻初逢休上人。（留別公安大易沙門）
濟世宜引英傑人。（暮春枉裴道州手札，率爾遣興，寄遞近呈）
只在他鄉何處人。（戲作，寄上漢中王二首）
淮海維揚一俊人。（奉寄章十侍御）
不薄今人愛古人。（戲爲六絕句）

美芹由來知野人。（赤甲）
錦里逢迎有主人。（將赴成都草堂，途中有作，先寄嚴鄭公五首）
海鶴階前鳴向人。（寄常徵君）
花底山蠭遠趁人。（題鄭縣亭子）
更接飛蟲打著人。（絕句漫興九首）
於今社日遠看人。（燕子來舟中作）
忽忽窮愁泥殺人。（冬至）
路難悠悠常傍人。（九日）
裘馬誰爲感激人。（重贈鄭鍊絕句）
纔傾一盞卽醺人。（撥悶）
奄有二子成三人。（李潮八分小篆歌）

春

五言

寒待翠華春。（有感五首）
苔移玉座春。（謁先主廟）

天高峴首春。（贈別鄭鍊赴襄陽）
遠赴湘吳春。（贈別賀蘭銛）
苗同伊闕春。（茅堂檢校收稻二首）
淒涼漢苑春。（喜達行在所三首）
夜雪鞏梅春。（送孟十二倉曹赴東京選）
曉行湘水春。（發潭州）
行歌泗水春。（寄李十二白二十韻）
空牆碧水春。（湘夫人祠）
三違潁水春。（寄張十二山人彪三十韻）
迴雁五湖春。（奉贈蕭十二使君）
終南萬里春。（喜觀即到，復題短篇二首）
峽內憶行春。（奉送韋中丞之晉赴湖南）
巫山坐復春。（太歲日）
三移斗柄春。（贈王二十四侍御契四十韻）
龍飛四十春。（上韋左相二十韻）
山歸萬古春。（上白帝城二首）

聚散俄十春。(別蔡十四著作)
乾元元年春。(送李校書二十六韻)
江皐已仲春。(漫成二首)
宮鶯罷囀春。(奉送嚴公入朝十韻)
臥病却愁春。(送趙十七明府之縣)
絕域望餘春。(奉和嚴中丞西城晚眺十韻)
臘近已含春。(不離西閣二首)
來詩悲早春。(奉酬李都督表丈早春作)
他山自有春。(郪城西原送李判官兄，武判官弟，赴成都府)
旅食京華春。(奉贈韋左丞丈二十二韻)
傳語故鄉春。(贈別何邕)
更覺綵衣春。(奉賀陽城郡王太夫人恩命加鄧國太夫人)
山杯竹葉春。(送惠二歸故居)
復似物皆春。(能畫)
色映塞外春。(贈太子太師汝陽郡王璡)
採擷接靑春。(暇日小園散病，將種秋菜，督勤耕牛，兼書觸目)

白髮好禁春。(奉陪鄭駙馬韋曲二首)
葉葉自開春。(柳邊)
重重祇報春。(百舌)
瘧癘終冬春。(寄薛三郎中據)

七言

一片花飛減却春。(曲江二首)
天晴宮柳暗長春。(題鄭縣亭子)
行步欹危實怕春。(江畔獨步尋花七絕句)
故園猶得見殘春。(將赴成都草堂，途中有作，先寄嚴鄭公五首)
金章紫綬照青春。(奉寄章十侍御)
白水青山空復春。(寄常徵君)
聞道雲安麴米春。(撥悶)
白帝雲偷碧海春。(陪柏中丞觀宴將士二首)
兩見巫山楚水春。(赤甲)
聖壽宜過一萬春。(承聞河北諸道節度入朝，歡喜口號絕句十二首)

江縣紅梅已放春。（留別公安大易沙門）
湖南爲客動經春。（燕子來舟中作）
儛劍霜雪吹青春。（暮秋枉裴道州手札，率爾遣興寄遞，近呈蘇渙侍御）
繡羅衣裳照暮春。（麗人行）

新

五言

龍門客又新。（奉贈鮮于京兆二十韻）
南陽氣已新。（喜達行在所三首）
誰知柳亦新。（柳邊）
晴罷峽如新。（雨晴）
猥誦佳句新。（奉贈韋左丞丈二十二韻）
晚接道流新。（寄張十二山人彪三十韻）
獸錦奪袍新。（寄李十二白二十韻）
詩清立意新。（奉和嚴中丞西城晚眺十韻）
豈惟粉墨新。（通泉縣署屋壁後薛少保畫鶴）

官柳著行新。（鄠城西原送李判官兄武判官弟赴成都府）
藤梢刺眼新。（奉陪鄭駙馬韋曲二首）
遙聞盛禮新。（與嚴二郎奉禮別）
枝高聽轉新。（百舌）
君當拔擢新。（送陵州路使君之任）
長令宇宙新。（有感五首）
周道日維新。（別蔡十四著作）
交非傾蓋新。（贈王二十四侍御契四十韻）
歌舞歲時新。（謁先主廟）
彫胡炊屢新。（熱三首）
青歸柳葉新。（奉酬李都督表丈早春作）
國與大名新。（奉賀陽城郡王太夫人恩命加鄧國太夫人）
象闕憲章新。（奉送嚴公入朝十韻）
臨江卜宅新。（有客）
杯凝露菊新。（秋日寄題鄭監湖上亭三首）
天河此夜新。（月三首）

七言

濟濟多士新。（寄薛三郎中據）

天笑不爲新。（贈太子太師汝陽郡王璡）

來經戰伐新。（喜觀即到，復題短篇二首）

牛力晚來新。（暇日小園散病，將種秋菜，督勤耕牛，兼書觸目）

黃魚出浪新。（黃魚）

野飯射麋新。（從驛次草堂，復至東屯茅屋二首）

秋葵煮復新。（茅堂檢校收稻二首）

相見幾回新。（太歲日）

清切露華新。（十七夜對月）

金石瑩逾新。（奉贈蕭十二使君）

茂宰得才新。（送趙十七明府之縣）

濟濟多士新。（寄薛三郎中據）

應宜彩服新。（送孟十二倉曹赴東京選）

一上一回新。（上白帝城二首）

三月三日天氣新。（麗人行）
戶牖憑高發興新。（題鄭縣亭子）
高秋爽氣相鮮新。（崔氏東山草堂）
相送柴門月色新。（南鄰）
掌中貪看一珠新。（戲作寄上漢中王二首）
羞見黃花無數新。（九日）
況復荊州賞更新。（將赴成都草堂，途中有作，先寄嚴鄭公五首）
不似雲安毒熱新。（寄常徵君）
愛弟傳書綵鷁新。（奉送蜀州柏二別駕，將中丞命赴江陵起居衛尚書太夫人，因示從弟行軍司馬位）
燕子銜泥兩度新。（燕子來舟中作）

親

五言

事業闇相親。（奉和嚴中丞西域晚眺十韻）
酒綠正相親。（獨酌成詩）
痛飲情相親。（寄薛三郎中據）

牀下意相親。（促織）
晚起索誰親。（贈王二十四侍御弟契四十韻）
台衮更誰親。（奉贈鮮于京兆二十韻）
小摘爲情親。（有客）
意氣死生親。（奉贈蕭十二使君）
交情老更親。（奉簡高三十五使君）
錫號戴慈親。（奉賀陽城郡王太夫人恩命加鄧國太夫人）
倍此骨肉親。（贈太子太師汝陽郡王璡）
自契魚水親。（別蔡十四著作）
詩看子建親。（奉贈韋左丞丈二十二韻）
交情老更親。（奉簡高三十五使君）
深潛託所親。（寄張十二山人彪三十韻）
憑高送所親。（鄭縣西原送李判官兄武判官弟赴成都府）
遇我夙心親。（寄李十二白二十韻）
功臨耿鄧親。（謁先主廟）
附書與六親。（前出塞九首）

巧僞莫敢親。（敬寄族弟唐十八使君）

七言

囊無一物獻尊親。（重贈鄭鍊絕句）
祇緣恐懼轉須親。（又呈吳郎）
殺伐虛悲公主親。（喜聞盜賊總退口號五首）
就中雲幕椒房親。（麗人行）
吾甥李潮下筆親。（李潮八分小篆歌）
天涯風俗自相親。（冬至）

塵

五言

鷹隼出風塵。（奉簡高三十五使君）
行蓋出風塵。（送陵州路使君之任）
鵰鶚離風塵。（奉贈鮮于京兆二十韻）
亦未雜風塵。（能畫）

衰邁久風塵。（上白帝城二首）
況乃久風塵。（謁先主廟）
薄宦走風塵。（贈別何邕）
足以靜風塵。（觀安西兵過關中待命二首）
四海尙風塵。（奉酬李都督表丈早春作）
但是避風塵。（贈王二十四侍御契四十韻）
前後間清塵。（奉贈蕭十二使君）
苑囿騰清塵。（贈太子太師汝陽郡王璡）
從容靜塞塵。（奉送嚴公入朝十韻）
靑雲滿後塵。（寄李十二白二十韻）
臨風看去塵。（與嚴二郎奉禮拜）
暮隨肥馬塵。（奉贈韋左丞丈二十二韻）
霑灑屬車塵。（傷春五首）
高堂戰伐塵。（中夜）
燕舞翠帷塵。（湘夫人祠）
飄颻若埃塵。（寄薛二郎中據）

戰地有黃塵。（東屯北崦）

七言

恐與齊梁作後塵。（戲爲六絕句）
腸斷驪山清路塵。（九日）
數通和好止烟塵。（喜聞盜賊總退口號五首）
徐飛錫杖出風塵。（留別公安大易沙門）
徵君晚節傍風塵。（寄常徵君）
黃門飛鞚不動塵。（麗人行）

秦

五言

范叔已歸秦。（上韋左相二十韻）
不死會歸秦。（奉送嚴公入朝十韻）
久客羨歸秦。（巴西聞收京闕送班司馬入京二首）
王粲不歸秦。（贈王二十四侍御契四十韻）

復道使歸秦。（傷春五首）
款款話歸秦。（喜觀即到，復題短篇二首）
沱江本向秦。（贈別何邕）
劒閣復通秦。（謁先主廟）
天文北照秦。（江陵望幸）
天闊樹浮秦。（奉和嚴中丞西城晚眺十韻）
渭水不離秦。（寄張十二山人彪三十韻）
即將西去秦。（奉贈韋左丞丈二十二韻）
黃公豈事秦。（寄李十二白二十韻）
北斗故臨秦。（太歲日）
賦斂強輸秦。（上白帝城二首）
扶櫬歸咸秦。（別蔡十四著作）
直指照西秦。（月三首）

七言

賜名大國虢與秦。（麗人行）

歸赴朝廷已入秦。（季夏送鄉弟韶陪黃門從叔朝謁）
路迷何處是三秦。（冬至）
贊普多教使入秦。（喜聞盜賊總退口號五首）

附錄

曾季貍曰：老杜詩中，喜用「秦」字，予嘗考之，凡押「秦」字韻者十七八。蓋老杜秦人也，故喜言秦。

聞

五言

天淸木葉聞。（曉望）
初來葉上聞。（晨雨）
應得夜深聞。（喜雨）
舟重竟無聞。（舟中夜雪，有懷盧十四侍御弟）
行斷不堪聞。（歸雁二首）
哀多如更聞。（孤雁）
空峽夜多聞。（秋野五首）

秋砧醒却聞。（九日五首）

非時鳥共聞。（南楚）

鶯啼送客聞。（別房太尉墓）

三年實飽聞。（暮春題瀼西新賃草屋五首）

寥寥不復聞。（琴臺）

那堪處處聞。（留別賈嚴二閣老兩院補遺諸公得聞字）

兒竟未遺聞。（秦州雜詩）

七言

人間那得幾囘聞。（贈花卿）

豎子尋源獨不聞。（示獠奴阿段）

椎鼓鳴鐘天下聞。（黃河二首）

奔

五言

談論淮一作河湖奔。（別李義）

俯視大江奔。（貽華陽柳少府）
沉埋日月奔。（贈比部蕭郎中十兄）
江長注海奔。（奉漢中王手札）
炳靈精氣奔。（贈蜀僧閭邱師兄）
欻激懦氣奔。（覽柏中丞兼子姪數人除官制詞，因述父子兄弟四美，載歌絲綸）
王命久崩奔。（閬州東樓筵，奉送十一舅往青城得昏字）
千崖自崩奔。（木皮嶺）
彼軍爲我奔。（前出塞九首）
覺兒行步奔。（示從孫濟）
商旅自星奔。（客居）

七言

蕃人聞道漸星奔。（喜聞盜賊總退口號五首）
後來未識猶駿奔。（石笋行）

呑

發聲爲爾呑。（別李義）

聲出已復吞。（閬州東樓筵，奉送十一舅往青城）
犬戎安足吞。（客居）

乾

五言

雙照淚痕乾。（月夜）
雪重拂廬乾。（送楊六判官使西蕃）
始知衆星乾。（水會渡）
懸軍幕井乾。（秦州雜詩）
蜀雨幾時乾。（重簡王明府）
散帙壁魚乾。（歸來）
衣袖不會乾。（第五弟豐獨在江左，近三四載，寂無消息，覓使寄此二首）

七言

白鷺羣飛太劇乾。（遣悶，戲呈路十九曹長）
泥汙后土何時乾。（秋雨歎三首）

接筒引水喉不乾。（引水）

寬

杯饒旅思寬。（宴忠州使君姪宅）
窮愁豈自寬。（重簡王明府）
惟良待士寬。（送楊六判官使西蕃）
洶若溟渤寬。（水會渡）
衰疾方少寬。（營屋）

邊

五言

春城海水邊。（廣州段功曹到，得楊五長史書，功曹卻歸，聊寄此詩）
秦城北斗邊。（歷歷）
蟠根積水邊。（白鹽山）
結廬錦水邊。（杜鵑）
朱樓白水邊。（舟中對驛近寺）

夜久落江邊。（月三首）
送老白雲邊。（秦州雜詩）
臥病海雲邊。（所思）
姑蘇落海邊。（奉送蘇州李二十五長史丈之任）
倚伏即溪邊。（倚杖）
終南在日邊。（覽鏡呈相中丞）
蕃州積雪邊。（西山三首）
巴州鳥道邊。（寄岳州賈六司馬丈，巴州嚴八使君兩閣老五十韻）
重覺在天邊。（夜二首）
晚景臥鐘邊。（秦州雜詩）
雨臥驛樓邊。（舟中）
春色淚痕邊。（江舟送魏十八倉曹還京，因寄岑中允參，范郎中季明）
孤城麥秀邊。（次行古城店，汎江作，不揆鄙拙，奉呈江陵幕府諸公）
孤城白帝邊。（秋日夔府詠懷，奉寄鄭監審李賓客之芳一百韻）
盡室畏途邊。（自閬州領妻子，却赴蜀山行三首）
忽盡下牢邊。（春夜峽州田侍御長史津亭留宴，得筵字）

簪裾紫蓋邊。（哭韋大夫之晉）
王孫若個邊。（哭李尚書之芳）
雲臺舊拓邊。（有感五首）
今人尚開邊。（遣興三首）

七言

歸來頭白還戍邊。（兵車行）
獻納司存雨露邊。（贈獻納使君起居田舍人澄）
觸忤愁人到酒邊。（送路六侍御入朝）
肺病幾時朝日邊。（十二月一日三首）
中原君臣豺虎邊。（晝夢）
兵戈阻絕老江邊。（恨別）
故將移住南山邊。（曲江三章、章五句）

前

五言

心蘇七校前。（喜達行在所三首）
野曠舞衣前。（數陪李梓州泛江，有女樂在諸舫，戲爲豔曲二首贈李）
三峽暮帆前。（遊子）
蒼茫汎愛前。（行次古城店，汎江作，不揆鄙拙，奉呈江陵幕府諸公）
佳人上客前。（秋日夔府詠懷，奉寄鄭監審，李賓客之芳一百韻）
一鼓氣無前。（寄岳州賈司馬六丈，巴州嚴八使君兩閣老五十韻）
留井峴山前。（一室）
飛去墜爾前。（彭衙行）
桂折秋風前。（遣興五首）
氣蘇君子前。（湘江宴餞裴二端公赴道州）
君來慰眼前。（示姪佐）
春深把臂前。（奉酬寇十侍御錫見寄四韻，復寄寇）
飛旐泛堂前。（哭韋大夫之晉）

七言

皎如玉樹臨風前。（飲中八仙歌）

蘇晉長齋繡佛前。（飲中八仙歌）
脫帽露頂王公前。（飲中八仙歌）
杜陵韋曲未央前。（贈韋七贊善）
日短江湖白髮前。（公安送韋二少府匡贊）

纏

殺氣日相纏。（西山三首）
蛟龍岌相纏。（觀薛稷少保書畫壁）
哀樂本相纏。（湘江宴餞裴二端公赴道州）
又爲蔓草纏。（遣興二首）
蔓草易拘纏。（寄題江外草堂）
倒石賴藤纏。（秋日夔府詠懷，奉寄鄭監審李賓客之芳一百韻）
馮招疾病纏。（哭韋大夫之晉）

懸

五　言

空林暮景懸。（一室）
疏籬野蔓懸。（李秋江村）
江鳴夜雨懸。（船下夔州郭宿，雨溼不得上岸，別王十二判官）
釣瀨客星懸。（寄岳州賈司馬六丈，巴州嚴八使君兩閣老五十韻）
侵籬澗水懸。（示姪佐）
雲泥相望懸。（送韋書記赴安西）
山猿樹樹懸。（從人覓小胡孫，許寄）
名與日月懸。（陳拾遺故宅）
書入金榜懸。（觀薛稷少保書畫壁）
相思淚點懸。（得廣州張判官叔卿書，使還以詩代意）
解榻秋露懸。（贈李十五丈別）
寶劍欲高懸。（哭韋大夫之晉）
高當淚臉懸。（月三首）
翻令室倒懸。（聞斛斯六官未歸）

七言

複道重樓錦繡懸。（夔州歌十絕句）

隅目青熒夾鏡懸。（驄馬行）

附錄

周密曰：杜詩喜用「懸」字，然皆絕奇。如「江鳴夜雨懸」，「侵籬澗水懸」，「山猨樹樹懸」，「空林暮景懸」，「當空淚臉懸」，「獼猴疊疊懸」，「疏籬野蔓懸」，「複道重樓錦繡懸」。

然

五言

此別意茫然。（送韋書記赴安西）

把酒意茫然。（重遊何氏五首）

宿昔浩茫然。（湘江宴餞裴二端公赴道州）

四顧但茫然。（遣興三首）

爲別幾淒然。（夏夜李尚書筵，送宇文石首赴縣聯句）

吾舅意淒然。（閬州奉送二十四舅使自京赴任青城）

衰謝日蕭然。（秋日夔府詠懷，奉寄鄭監審李賓客之芳一百韻）

時危獨蕭然。（贈李十五丈別）

急難心炯然。(義鶻行)
溪風爲颯然。(秦州雜詩二十首)
秋風已颯然。(宿贊公房)
雲沙靜眇然。(峽隘)
登臨意惘然。(陪李梓州王閬州蘇遂州李果州四使君，登惠義寺)
吳門興杳然。(遊子)
端雅獨翛然。(哭韋大夫之晉)
爲我一潸然。(送梓州李使君之任)
江湖涕泫然。(哭李尚書之芳)
魂傷山寂然。(自閬州領妻子卻赴蜀山行三首)
謫宦兩悠然。(寄岳州賈司馬六丈，巴州嚴八使君兩閣老五十韻)
雅欲逃自然。(寄題江外草堂)
物理固自然。(鹽井)
沙道故依然。(遣興五首)
王氏井依然。(回棹)

七言

中間消息兩茫然。（送路六侍御入朝）

長懷賈傅井依然。（清明二首）

焦遂五斗方卓然。（飲中八仙歌）

二月饒睡昏昏然。（晝夢）

憶昔誦詩神懔然。（偪側行，贈畢曜）

焉

五言

吾道卜終焉。（寄岳州賈司馬六丈，巴州嚴八使君，兩閣老五十韻）

登龍蓋有焉。（秋日夔府詠懷，奉寄鄭監審，李賓客之芳一百韻）

柴荊卽有焉。（自瀼西荊扉，且移居東屯茅屋四首）

遊寺可終焉。（回棹）

高

五言

千崖秋氣高。（王閬州筵奉酬十一舅惜別之作）
亂石閉門高。（崔駙馬山亭宴集）
郎君玉樹高。（題柏大兄弟山居屋壁二首）
孤飛卒未高。（鸂鶒）

七言

應弦不礙蒼山高。（久雨期王將軍不至）

多

五言

回首白雲多。（陪鄭廣文遊何將軍山林十首）
清光應更多。（一百五日夜對月）
月傍九霄多。（春宿左省）
江雨夜聞多。（散愁二首）
秋山苜蓿多。（寓目）
貔虎數尤多。（觀兵）

人少豺虎多。（別唐十五誡，因寄禮部賈侍郎）
無行亂眼多。（舟前小鵞兒）
秋水席邊多。（章梓州水亭）
江湖秋水多。（天末懷李白）
悲風日暮多。（過宋員外之問舊莊）
濟南名士多。（陪李北海宴歷下亭）
新詩日又多。（寄高三十五書記）
隱映野雲多。（佐還山後寄三首）
叢長夜露多。（蒹葭）
風塵戰伐多。（懷錦水居止二首）
衰慙應接多。（將曉二首）
如今花正多。（泛江）
湖邊意緒多。（暮春陪李尚書李中丞過鄭監湖亭汎舟，得過字）
冰置玉壺多。（湖南送敬十使君適廣陵）
孤兒却走多。（傷春五首）
惡木翦還多。（惡樹）

才名賈博多。（秋日寄題鄭監湖上亭三首）
千山空自多。（征夫）
梅花年後多。（江梅）
慘慘暮寒多。（暮寒）
飛飛蜂蝶多。（絕句五首）
白水雨偏多。（白水明府舅宅喜雨，得過字）
人間誠未多。（梔子）
早已戰場多。（復愁十二首）
開邊一何多。（前出塞九首）

七言

南國浮雲水上多。（奉寄別馬巴州）
憶在潼關詩興多。（峽中覽物）
黃金臺貯俊賢多。（承聞河北諸道節度入朝，歡喜口號絕句十二首）
汶上相逢年頗多。（奉寄高常侍）
堅昆碧盌最來多。（喜聞盜賊總退，口號五首）

向來哀樂何其多。（渼陂行）

江花結子也無多。（少年行二首）

過

風雨亦來過。（陪鄭廣文遊何將軍山林十首）

從公難重過。（陪李北海宴歷下亭）

柴門豈重過。（懷錦水居止二首）

衰白遠來過。（暮春陪李尙書李中丞過鄭監湖亭汎舟，得過字）

古人誰復過。（白水明府舅宅喜雨，得過字）

吟詩許更過。（過宋員外之問舊莊）

膽力爾誰過。（湖南送敬十使君適廣陵）

喪亂飽經過。（寓目）

還聞賓客過。（秋日寄題鄭監湖上亭三首）

高門薊子過。（章梓州水亭）

魑魅喜人過。（天末懷李白）

多虎信所過。（別唐十五誡，因寄禮部賈侍郎）

啾啾棲鳥過。(春宿左省)

何

五言

落日將如何。(陪李北海宴歷下亭)
佳句法如何。(寄高三十五書記)
數問夜如何。(春宿左省)
君子意如何。(天末懷李白)
重惠意如何。(佐還山後寄三首)
鄰接意如何。(秋日寄題鄭監湖上亭三首)
客至欲如何。(絕句五首)
筋力定如何。(將曉二首)
吾道竟如何。(征夫)
邊隅今若何。(觀兵)
故園今若何。(復愁十二首)
秋風吹若何。(蒹葭)

狐狸奈若何。（舟前小鵝兒）
歸期無奈何。（陪鄭廣文遊何將軍山林十首）
最奈客愁何。（江梅）
百年能幾何。（送唐十五誡因寄禮部賈侍郎）
雞栖奈汝何。（惡樹）
酣娛將謂何。（白水明府舅宅喜雨）
其如離別何。（湖南送敬十使君適廣陵）

七　言

飛騰無奈故人何。（奉寄高常侍）
古今成敗子如何。（寄柏學士林居）
潮乎潮乎奈汝何。（李潮八分小篆歌）

清

五　言

當暑著來清。（端午日賜衣）

猶能永夜清。(天河)
人間月影清。(月)
春流泯泯清。(漫成二首)
關河霜雪清。(送遠)
沙亂雪山清。(奉送郭中丞兼太僕卿充隴右節度使三十韻)
千章夏木清。(陪鄭廣文遊何將軍山林十首)
心跡喜雙清。(屏跡三首)
夜深露氣清。(翫月呈漢中王)
高枕形神清。(太子張舍人遺織成褥段)
府中有餘清。(揚旗)
江與放船清。(移居夔州作)
穢濁殊未清。(三川觀水漲二十韻)
春風江漢清。(送李卿曄)
新窺楚水清。(月三首)
何曾劒外清。(春遠)
與含滄浪清。(同元使君春陵行)

蕭條別浦清。（奉送卿二翁統節度鎮軍還江陵）
江樓枕席清。（江閣臥病，走筆寄呈崔盧兩侍御）
衣乾枕席清。（水檻遣心（一作興）二首）
橘井尙淒清。（奉送二十三舅錄事之攝郴州）
天虛風物清。（獨坐）
天寒沙水清。（送覃二判官）
新窺楚水清。（月二首）
傾榼濁復清。（羌村三首）
酒渴愛江清。（軍中醉飲，寄沈八劉叟）
復見秀骨清。（贈左僕射鄭國公嚴武公）
侍立小童清。（與李十二白同尋范十隱居）

七言

眼暗不見風塵清。（釋悶）
幕府秋風日夜清。（院中晚晴，懷西郭茅舍）
龍起猶聞晉水清。（諸將五首）

露下天高秋氣清。（夜）
吹笛秋山風月清。（吹笛）
湖月林風相與清。（書堂飲既夜復邀李尚書下馬月下賦絶句）
投壺散帙有餘清。（江陵節度陽城郡王新樓成，王請嚴侍御判官賦七字句，同作）

附錄

黃生曰：杜詩善用「淸」字。如「當暑著來淸」。則以淸爲涼；「關河霜雪淸。」則以淸爲寒；「天淸木葉聞」。則以淸爲靜；「沙亂雪山淸」。則以淸爲明；「天淸皇子陂」。則以淸爲霽；「侍立小童淸。」則以淸爲秀；「衣乾枕席淸」。則以淸爲爽；「投壺散帙有餘淸。」則以淸爲閒，是也。

生

五言

天意薄浮生。（敬贈鄭諫議十韻）
高枕笑浮生。（戲作俳諧體遣悶二首）
飄轉任浮生。（入宅二首）
漁樵寄此生。（村夜）

深憑送此生。（水檻遣心二首）

小臣餘此生。（送覃二判官）

深覺負平生。（正月三日歸溪上有作，簡院內諸公）

朱紱負平生。（獨坐）

部曲異平生。（哭嚴僕射歸櫬）

途窮仗友生。（客夜）

小心事友生。（贈友僕射鄭國公嚴武公）

寂寞養殘生。（奉濟驛重送嚴公四韻）

秋月殊未生。（宿鑿石浦）

高秋此日生。（宗武生日）

坐見悔吝生。（太子張舍人遺織成褥段）

眞堪託死生。（房兵曹胡馬）

無家問死生。（月夜憶舍弟）

搗藥免長生。（月）

孤村春水生。（遣意）

春泥百草生。（陪裴使君登岳陽樓）

當春乃發生。（春夜喜雨）
春（一作秋）風草（一作吹）又生。（不歸）
春氣晚更生。（晚登瀼上堂）
休看白髮生，（贈陳二補闕）
何曾風浪生。（天河）
湍減石棱生。（西閣望雨）
常從漉酒生。（漫成二首）
風吹暈已生。（翫月呈漢中王）
傷時哭賈生。（久生）
中年召賈生。（春日江村五首）
還尋北郭生。（與李十二白同尋范十隱居）
愧似魯諸生。（奉送郭中丞兼太僕卿充隴右節度使三十韻）
愁連吹笛生。（泛江送客）
前聖畏後生。（同元使君舂陵行）

七言

不覺前賢畏後生。（戲爲六絕句）
側生注目長風生。（李鄠縣丈人胡馬行）
無數春笋滿林生。（三絕句）
二月六夜春水生。（春水生二絕）
何得愁中却盡生。（吹笛）
階面青苔先自生。（院中晚晴，懷西郭茅舍）
江草日日喚愁生。（愁）
樓上炎天冰雪生。（江陵節度陽城郡王新樓成，王請嚴侍御判官賦七字句，同作）
臥病江湖春復生。（酬郭十五判官）
聞道孽能全生。（釋病）
此物娟娟長遠生。（解悶十二首）

輕

五言

香羅疊雪輕。（端午日賜衣）

韶州白葛輕。（送段功曹歸廣州）
舟楫浪前輕。（泛江送客）
漁舟箇箇輕。（屏跡三首）
泛渚白鷗輕。（遣意二首）
投林羽翮輕。（獨坐）
風入四蹄輕。（房兵曹胡馬）
多病也身輕。（漫成二首）
菲菲紅素輕。（奉遊）
無復繐帷輕。（奉送郭中丞兼太僕卿充隴右節度使三十韻）
休覓彩衣輕。（宗武生日）
小吏最相輕。（久客）
公去雪山輕。（贈左僕射鄭國嚴公武）
舒卷隨人輕。（揚旗）

七言

醉於馬上往來輕。（崔評事弟許相近不到，應慮老夫見泥雨怯出，必愆佳期，走筆戲簡）

朱栱浮雲細細輕。（江陵節度使陽城郡王新樓成，王請嚴侍御判官賦七字句同作）

青

五言

高山擁縣青。（行次鹽亭縣，聊題四韻，奉簡嚴遂州蓬州兩使君，咨議諸昆季）

相見眼終青。（秦州見勅目，薛三據授司議郎，畢四曜除監察，與二子有故，遠喜遷官，兼述索居，凡三十韻）

編簡為誰青。（故武衞將軍挽詞三首）

君看銀印青。（奉酬薛十二丈判官見贈）

依舊竹林青。（客舊館）

恩與荔枝青。（贈翰林張四學士垍）

錦樹曉來青。（暮春題瀼西新賃草屋五首）

雙崖洗更青。（獨坐二首）

江邊一蓋青。（高枏）

連空岸脚青。（又呈竇使君）

但見西嶺青。（揚旗）

玉殿莓苔青。（橋陵詩三十韻，因呈縣內諸官）
用爾爲丹青。（同元使君舂陵行）

七言

雲水長和島嶼青。（題鄭十八著作丈故居）
三寸黃甘猶自青。（即事）
渚蒲芽白水荇青。（醉歌行）
藥條藥甲潤青青。（絕句四首）
憑軒忽若無丹青。（題李尊師松樹障子歌）

秋

五言

江漢失清秋。（第五弟豐，獨在江左，近三四載，寂無消息，覓使寄此二首）
鞍馬信清秋。（舍弟觀歸藍田迎新婦，送示二首）
少昊行清秋。（同諸公登慈恩寺塔）
灑落惟清秋。（七月三日，亭午以後，校熱退，晚加小涼，穩睡有詩，因論壯年樂事，戲呈元二十一曹長）

長防萬里秋。（西山三首）
沅湘萬里秋。（秋日寄題鄭監湖上亭三首）
眞傷白帝秋。（更題）
天高白帝秋。（暮秋將歸秦，留別湖南幕府親友）
焉能待高秋。（除草）
臥病復高秋。（搖落）
寒事颯高秋。（村雨）
陂塘五月秋。（陪諸貴公子丈八溝攜妓納涼，晚際遇雨二首）
不過五湖秋。（歸雁）
山空鳥鼠秋。（秦州雜詩二十首）
寒蟬碧樹秋。（晚秋長沙蔡五侍御飲筵，送殷六參軍歸澧州覲省）
別浦雁賓秋。（重送劉十弟判官）
湖風井徑秋。（重題）
宿留洞庭秋。（雨）
遙悲水國秋。（送李功曹之荊州，充鄭侍御判官重贈）
皆傳玉露秋。（十六夜翫月）

畦蔬繞舍秋。（秋日阮隱居致薤三十束）

天寒耐九秋。（月）

客意已驚秋。（夏日李公見訪）

埋沒已經秋。（破船）

荒榛農復秋。（奉送王信州崟北歸）

黔陽貢物秋。（覆舟二首）

迴風吹早秋。（夜雨）

蕭蕭荊楚秋。（江上）

蕭蕭梁棟秋。（立秋雨，院中有作）

淅淅野風秋。（過斛斯校書莊二首）

移因風雨秋。（奉同郭給事湯東靈湫作）

未便陰崖秋。（寄贊上人）

荆揚不知秋。（毒熱，寄簡崔評事十六弟）

七言

萬里風烟接素秋。（秋興八首）

雪飛玉立盡清秋。(見王監兵馬使，說近山有白黑二鷹，二首)
冰壺玉衡懸清秋。(寄裴施州)
一辭故國十經秋。(解悶十二首)
洞庭相逢十二秋。(長沙送李十一)
風江颯颯亂帆秋。(簡吳郎司法)

收

五言

乾坤一戰收。(玉腕騮)
寰區要盡收。(奉送王信州崟北歸)
塞田始微收。(發秦州)
石田又足收。(寄贊上人)
涕泗不能收。(哭李尚書之芳)
淚下恐莫收。(晦日尋崔戢李封)
王母不肯收。(奉同郭給事湯東靈湫作)
蛛絲仍未收。(獨立)

七言

一辱泥塗遂晚收。（長沙送李十一銜）

深

五言

江連白帝深。（渝州候嚴六侍御不到，先下峽）

江依白帝深。（雲）

峽影入江深。（白帝樓）

日氣射江深。（晴二首）

天寒關塞深。（病馬）

時清瑤殿深。（銅瓶）

氣冥海嶽深。（同李太守登歷下古城員外新亭）

星辰北斗深。（夏日楊長寧宅送崔侍御常正字入京，得深字）

干戈北斗深。（風疾舟中伏枕，書懷三十六韻，奉呈湖南親友）

孤城隱霧深。（野望）

城春草木深。（春望）
雲山紫邏深。（送賈閣老出汝州）
雪片一冬深。（寄楊五桂州譚）
恩加四海深。（提封）
一寄塞垣深。（擣衣）
春流岸岸深。（春日江村五首）
歸休寒色深。（初冬）
楓葉坐猿深。（峽口二首）
鳥雀聚枝深。（暝）
去翼依雲深。（上後園山脚）
銀海雁飛深。（驪山）
如今契闊深。（奉贈王中允維）
龍蛇只自深。（憶鄭南）
梯徑繞幽深。（望牛頭寺）
要路亦高深。（西閣二首）
月彩靜高深。（送嚴侍御到綿州，同登杜使君江樓宴，得心字）

爲恨與年深。（又示兩兒）
阻此江浦深。（阻雨不得歸瀼西甘林）
湘流東逝深。（過津口）
聲驅灔澦深。（長江二首）
在野興淸深。（課小豎鉏斫舍北果林，枝蔓荒穢，淨訖移牀三首）
眞爲爛漫深。（長吟）
無辭荆棘深。（憑孟倉曹將書覓王櫄舊莊）
修文地下深。（哭李常侍嶧二首）
羣小謗能深。（贈裴南部）

七言

鳴鳩乳燕靑春深。（題省中院壁）
灩澦旣沒孤根深。（灔澦）
馬度秦山雪正深。（舍弟觀自藍田迎妻子到江陵喜寄三首）
熊羆欲蟄龍蛇深。（呀鶻行）

心

五言

恨別鳥驚心。（春望）
去住損春心。（送賈閣老出汝州）
三年獨此心。（奉贈王中允維）
歲晚病傷心。（病馬）
出處遂何心。（初冬）
萬國尙同心。（提封）
萬國奉君心。（長江二首）
他時見汝心。（又示兩兒）
還欲攪邊心。（白帝樓）
蕭然淨客心。（劉九法曹鄭瑕丘石門宴集）
隱几亦無心。（課小豎鋤斫舍北果林，枝蔓荒穢，淨訖移牀三首）
孤雲無自心。（西閣二首）
迴看不住心。（望牛頭寺）

況經長別心。(擣衣)
時序百年心。(春日江村五首)
馳驅魏闕心。(晴二首)
荒哉割據心。(峽口二首)
君恩北望心。(南征)
江樓延賞心。(送嚴侍郎到綿州,同登杜使君江樓宴,得心字)
已見直繩心。(贈裴南部)
猶傷半死心。(風疾舟中伏枕,書懷三十六韻,奉呈湖南親友)
草見踏靑心。(長吟)
瀟灑到江心。(憶鄭南)
茫茫遲暮心。(憑孟倉曹將書覓土婁舊莊)

七言

花近高樓傷客心。(登樓)
故國移居見客心。(舍弟觀赴藍田取妻子到江陵,喜寄三首)
兩朝開濟老臣心。(蜀相)

孤舟一繫故園心。（秋興八首）

頗學陰何苦用心。（解悶十二首）

退食遲廻違寸心。（題省中壁）

非子誰復見幽心。（憑何十一少府邕覓榿木栽）

吟

五言

試誦白頭吟。（奉贈王中允維）

遠附白頭吟。（寄楊五桂州譚）

南浦白頭吟。（憑孟倉曹將書覓土婁舊莊）

長夏白頭吟。（夏日楊長寧宅送崔侍御常正字入京，得深字）

行坐白頭吟。（又示兩兒）

久放白頭吟。（風疾舟中伏枕，書懷三十六韻，奉呈湖南親友）

泓下亦龍吟。（劉九法曹鄭瑕丘石門宴集）

江猿應獨吟。（課小豎鉏斫舍北果林，枝蔓荒穢，淨訖移牀三首）

感動一沉吟。（病馬）

不覺（一作免）自長吟。（長吟）
終朝學越吟。（西閣二首）
愁來梁父吟。（初冬）
虛費短長吟。（渝州候嚴六侍御不到，先下峽）
苦調短長吟。（送嚴侍御到綿州同，登杜使君江樓宴，得心字）

七　言

日暮聊爲梁父吟。（登樓）
風雨時時龍一吟。（灩澦）
喜多行坐白頭吟。（舍弟觀赴藍田取妻子到江陵喜寄三首）
新詩改罷自長吟。（解悶十二首）

侵

五　言

山庭嵐氣侵。（暝）
羈旅病年侵。（風疾舟中伏枕，書懷三十六韻，奉呈湖南親友）

莫受二毛侵。（送賈閣老出汝州）
何須白髮侵。（贈裴南部）
連連睥睨侵。（白帝樓）
莫慮犬佯侵。（提封）
所追豪吏侵。（阻雨不得歸瀼西甘林）

七言

西山寇盜莫相侵。（登樓）
北來肌骨苦寒侵。（舍弟觀自藍田迎妻子到江陵喜寄三首）

二、仄韻

取

五言

劉表焉得取。（遣興五首）
微徑不復取。（法鏡寺）

一物休盡取。（雷）
一墜那得取。（龍門閣）
盆中爲吾取。（澧田父泥飲，美嚴中丞）
冗長吾敢取。（奉贈李八丈曛判官）
讒毀竟自取。（上水遣懷）

走

五言

誓不舉家走。（遭田父泥飲，美嚴中丞）
常如中風走。（上水遣懷）
重見衣冠走。（將適吳楚，留別章使君留後，兼幕府諸公，得柳字）
揭孽怪石走。（九成宮）
宮闕限奔走。（奉贈李八丈曛判官）
似聞胡騎走。（遠遊）
脫身得西走。（述懷）
側見寒蓬走。（枯椶）

七言

江濤簸岸黃沙走。（復陰）

偶

盡室豈相偶。（述懷）
秉鈞孰爲偶。（奉贈李八丈曛判官）

窄

五言

黎民糠籺窄。（驅豎子摘蒼耳）
悵望王土窄。（贈司空王公思禮）
如覺天地窄。（送李校書二十六韻）
垂老戎衣窄。（初冬）
蜀路江干窄。（哭王彭州掄）

七言

滔滔才略蒼冥窄。（惜別行，送劉僕射判官）
此邦之人器量窄。（最能行）

適

肅肅自有適。（贈司徒王公思禮）
冒暑初有適。（鄭典設自施州歸）
嗚艣各有適。（雨二首）
浩蕩無與適。（白水崔少府十九翁高齋三十韻）
出門無與適。（兩當縣吳十侍御江上宅）
信美無與適。（成都府）
杳杳更遠適。（發同谷縣）
告我欲遠適。（送李校書二十六韻）
爛漫任遠適。（驅豎子摘蒼耳）

澀

世梗悲路澀。（送率府程錄事還鄉）

風水白刄澀。（龍門鎮）

達曙凌陰澀。（早發射洪縣南，途中作）

急

五言

清江轉山急。（早發射洪縣南，途中作）

聞呼向禽急。（送率府程錄事還鄉）

迫此暮景急。（龍門鎮）

七言

女病妻憂歸意急。（發閬中）

設網提綱取魚急。（又觀打魚）

涼風蕭蕭吹汝急。（秋雨歎三首）

四山多風溪水急。（寓居同谷縣作歌七首）

三、重　韻

曲洧舊洧云：詩之重用韻、音同義異者，古人用之無嫌。如民勞詩一章用二「休」字韻是也。後人狃於科舉之習，遂不敢用。唐韓退之答張徹詩用二「庭」字。石鼓詩用二「科」字。老杜夔府書懷詩二「旋」字，卽其例也。按杜詩重韻，並不止此。玆列擧如左：

一、沉浮亂水玉，愛惜如芝草。
園人非故侯，種此何草草。（園人送瓜）

二、薅收困用事，玄冥蔚強梁。
登高歌有往，蕩析川無梁。（上後園山脚）

三、雖云隔禮數，不敢墜周旋。
淡交隨聚散，澤國繞回旋。（夔府詠懷）

四、事殊迎代邸，喜異賞朱虛。
風烟巫峽遠，臺榭楚宮虛。（贈李八秘書）

五、放逐早聯翩，低垂困炎厲。
哀贈終蕭條，恩波延揭厲。（贈秘書監江夏李邕）

六、自多親棣蕚，誰敢問山陵。

鴻寶寧全秘，丹梯庶可陵。（贈特進汝陽王）

七、栖皇分半菽，浩蕩逐流萍。

仰思調玉燭，誰定握青萍。（喜薛據岑參遷官）

八、討胡愁李廣，奉使待張騫。

如公盡雄俊，志在必騰騫。（寄賈岳州嚴巴州二閣老）

九、芒碭雲一去，雁鶩空相呼。

吾衰將焉託，存歿再嗚呼。（遣懷）

十、每趨吳太伯，撫事淚浪浪。

之推避賞從，漁父濯滄浪。（壯遊）

十一、維時遇艱虞，朝野少暇日。

老夫情懷惡，嘔泄臥數日。（北征）

十二、雕刻初誰料，纖毫欲自矜。

錬骨調情性，張兵撓棘矜。

昔歲文爲理，羣公價盡增。

潘生雲閣遠，黃霸璽書增。（寄峽州劉伯華使君四十韻）

肆、用事

一、融化

送子清秋暮，風物長年悲。（送殿中揚監赴蜀見相公）

淮南子：木葉落，長年悲。

猶有淚成河，經天復東注。（得舍弟消息）

世說：顧長康哭桓宣武，聲如震雷破山，「淚如傾河注海。」時公弟在河南，故云。

猛虎憑其威，往往遭急縛。（遣興五首）

後漢呂布傳：曹操縛呂布。布曰：「縛太急。」操曰：縛虎不得不急。

漆有用而割，膏以明自煎，蘭摧白露下，桂折秋風前。（遣興五首）

莊子：山木自寇也，膏火自煎也。桂可食故伐之，漆可用，故割之。世說：寧爲蘭摧玉折，不作蕭敷艾榮。

清霜洞庭葉，故就別時飛。（送盧十四弟侍御護韋尚書靈櫬歸上都二十四韻）

楚辭：洞庭波兮木葉下。

白頭搔更短，渾欲不勝簪。（春望）

晉張茂先謂其子曰：利名繫鎖，未遂山林之興，短髮搔白，渾不勝簪矣。

荒庭垂橘柚，古屋畫龍蛇。（禹廟）

尚書：禹貢「厥包橘柚」。孟子：驅龍蛇而放之菹。皆禹事。公見之而有感，故詩及之。

自天題處濕，當暑著來輕。（端午日賜衣）

毛詩：自天申之。論語：當暑袗絺綌。

青雲羞葉密，白雪避花繁。（甘園）

雲羞雪避，皆各有所本。江淹蓮花賦：「青梧羞烈，沉水慚馥」。此羞字所本。王績春日詩：「雪避南軒梅，風催北庭柳。」此避字所本。

滿目飛明鏡，歸心折大刀。（八月十五夜月二首）

明鏡喻月。刀環思歸，歸心如大刀之折，恨不能還也。古樂府：「藁砧今何在，山上復有山。何當大刀頭，破鏡飛在天。」吳競題解：藁砧、砆也。重山、出也。大刀頭，刀頭有環，問夫何時當還也。破鏡飛上天，言月半缺當還也。

婦人在軍中，兵氣恐不揚。（新婚別）

李陵傳：我士氣少衰，而鼓不起者何也？軍中豈有女子乎？搜得皆斬之。

男兒既介冑，長揖別上官。（垂老別）

周亞夫傳：亞夫持兵揖曰：「介冑之士不拜」。又酈食基傳：長揖不拜。

斫却月中桂，清光應更多。（一百五日夜對月）

世說新語：徐孺子九歲時，嘗月下戲。或云：「若令月中無桂，當極明邪？」子美意祖於此。造語奇拔，觀者不覺用事。

青楓遠自愁。（送李功曹之荆州，充鄭侍御判官重贈）

阮籍詩：「上有青楓林，遠望令人愁。」

已去漢月遠。（前出塞九首）

王褒燕歌行「無復漢地關山月。」

磨刀嗚咽水，水赤刀傷手。欲輕腸斷聲，心緒亂已久。（前出塞九首）

三秦記隴頭歌：隴頭流水，鳴聲幽咽。遙望秦川。肝腸斷絕，杜詩化用其語，極爐錘之妙。

覓句新知律。（又示宗武）

廣記：「嵇紹新解覓句，稍知音律。」

攤書解滿牀。（又示宗武）

廣記：王渾云：阿戎年小，漸解滿牀攤書。

明年共我長。（又示宗武）

廣記：嵇康顧子紹曰：「阿紹明年共我長矣，吾甚喜爾成人。」

餘生如過鳥。（貽華陽柳少府）

張協詩：「人生瀛海內，忽如鳥過目。」

浮生有定分。（飛仙閣）

南史：顧愷之云：「命有定分，非智力所移。」命弟子作定命論。

窮猨失木悲。（寄杜位）

淮南子：「猨顛蹶而失木」。故晉謝鯤書：「如失木之猨，但知悲嘯耳。」

秋燕已如客。（立秋後題）

漢張衡旅寓洛汭，生計無聊，有命駕之意。顧梁燕曰：「秋風已至，想汝客與斯難久留也。」

肉瘦怯豺狼。（寄彭州高三十五使君適，虢州岑二十七長史參三十韻）

漢末盜賊屢起，州邑屠害，雖君子亦往往遭害。申舒隱中條山，行潔德著，謂諸子曰：「吾肉瘦，怯衆豺狼。」蓋言兵戈之際，恐不能自全也。

哭友白雲長。（聞高常侍亡）

晉山濤傷嵇中散之亡，哭曰：「白雲央央，我心悲傷。揮淚望雲，雲路阻長。」

春草封歸恨。（風疾舟中伏枕，書懷三十六韻，奉呈湖南親友）

漢劉安招隱：「王孫遊兮不歸，春草生兮萋萋。」

亦不爲盤飱。（示從孫濟）

三國志：張昭謂顧陸曰：吾來爲道義，非因盤飱。

何恨倚山木。（和裴廸登新津寺寄王侍郎）

淮南子：趙王遷流於房陵，思故鄉，爲作山木之歌，聞之者無不隕涕。按此詩首句、突然而起，舊解未詳所出。今得此說，頓釋所疑。言趙王流竄房陵，而作山林之歌，宜其怨恨。今羈旅蜀中，亦何所恨，而倚木以吟詩乎。此引古語以逗起下文。

風雨亦來過。（陪鄭廣文遊何將軍山林十首）

毛詩：谷風：「習習谷風，維風及雨。將恐將懼，維予與女。」

高鳥黃雲暮。（晚秋長沙蔡五侍御飲筵，送殷六參軍歸澧州覲省）

古樂府：「黃雲暮四合，高鳥各分飛。寄語遠遊子，月圓胡不歸。」

琴臺日暮雲。（琴臺）

江淹詩：「日暮碧雲合，佳人殊未來。」

披霧初歡夕。（贈特進汝陽王二十韻）

世說：衞玠見樂廣曰，見此人若披雲霧而覩靑天。

質朴古人風。（吾宗）

魏志：曹操謂毛玠曰：君有古人之風。

經書滿腹中。（吾宗）

後漢書：隗囂傳：素有名，好經書。

畏人江北草。（暮春題瀼西新賃草屋五首）

曹植詩：客子常畏人。

良友惜相於。（贈李八秘書別三十韻）

易林：患解憂除，良友相於。

俯身試搴旗。（前出塞九首）

曹植詩：俯身散馬蹄。李陵傳：斬將搴旗。

土室延白光。（西枝村尋置草堂地，夜宿贊公土室二首）

後漢袁閎傳：黨事作，母老不能遠遁，乃築土室，潛居十八年。

長大常苦飢。（奉送魏六丈佑少府之交廣）

穴蟻欲何逃。（喜聞官軍已臨賊境）

異苑云：晉桓謙太元中居家，一日，忽見有人皆長寸餘，悉被鎧持槊，乘具裝馬，從坎中出，緣杌登竈。蔣山道士令以沸湯澆其所入處，自是寂不復出，因掘之，有羣蟻死於穴中。

牆頭過濁醪。（夏日李公見訪）

晉陶侃少時，家貧，有友人見訪，無以致誠，其鄰人頗賢，謂侃曰：子門有長者軒車，何不延之以論當世事。侃曰：貧不能備酒醴，鄰人密於牆頭度以濁酒，隻雞，遂成終日之歡。

白屋難久留。（破船）

漢賈復見耿弇曰：子非久留白屋之士，風雲會合，當平步天衢耳。後果如其言。

心跡喜雙清。（屏跡三首）

謝靈運齋中詩云：「矧乃歸山川，心跡雙寂寞。」

茶瓜留客遲。（已上人茅齋）

南史：竟陵王子良禮才好士，夏日客至，爲設瓜飲甘果。

子雖軀幹小。（贈韋十六評事充同谷防禦判官）

晉書載記：劉曜時壯士陳安戰死隴上，歌之曰：「隴上健兒有陳安，軀幹雖小腹常寬。」

清襟照等夷。（移居公安贈衞大郎）

任彥昇王文憲集序，引袁粲詩「之子照清襟」。

虬鬚十八九。（送重表姪王砅評事使南海）

漢丙吉傳：武帝曾孫在掖庭外家者，至今十八九矣。

穰多栗過拳。（秋日夔府詠懷，奉寄鄭監審李賓客之芳一百韻）

西京雜記：嶧陽栗大如拳。

愛惜如芝草。（園人送瓜）

廣雅：土芝，瓜也。晉嵇含瓜賦：其名龍膽，其味亦奇，是謂土芝。

野航恰受兩三人。（南鄰）

晉郭翻乘小舟歸武昌，安西將軍庾亮造之，以其船狹小，就引大船。翻曰：使君不以鄙賤而猥辱臨之，此固野大之船也。

騎馬似乘船。（飲中八仙歌）

晉阮咸醉，騎馬欹傾，時人指而笑曰：箇老子騎馬如乘船行波浪中。

應須論萬里。（題王宰畫山水圖）

南史：竟陵王子良傳云：賁文煥善畫，於扇上圖山水，曰：咫尺之內，萬里非遙。

翡翠蘭苕上。（戲爲六絕句）

郭璞遊仙詩：翡翠戲蘭苕，容色更相鮮。

齊名貞忝竊。（長沙送李十一銜）

後漢范滂母謂滂曰：「汝得與李杜齊名，死亦何恨。」

二、精　切

錫飛常近鶴，杯渡不驚鷗。（題玄武禪師屋壁）

用事入化，巧而不纖。

高僧傳：舒州灊山最奇，山麓尤勝。誌公與白鶴道人欲之，同白武帝。帝俾各以物識其地，得者居之。道人以鶴，誌公以錫。已而鶴先飛去，至麓將止，忽聞空中錫飛聲。誌公之錫，遂卓於山麓。高僧傳：劉宋時杯渡者不知姓名，常乘木杯渡水，無假風棹，輕疾如飛。仇注：不驚鷗亦參用列子海鷗事。

老馬夜知道，蒼鷹饑著人。（觀安西兵過赴關中待命二首）

老馬饑鷹，比其慣戰而深入，著人則譬樂爲主用也。

韓非子：齊桓公伐孤竹。還，迷失道。管仲曰：老馬之智可用也。乃放老馬而隨之。晉載記：慕容垂猶鷹也，饑則附人，飽則高飛。

薄俗防人面，全身學馬蹏。（課小豎鉏斫舍北果林，枝蔓荒穢，淨訖移牀二首）

上句以人面隱獸心，下句以篇題括篇意。皆用事入化處。

楊子法言：貌則人，心則獸。莊子馬蹏篇：至德之世，同與禽獸居，族與萬物並，惡乎知君子小人哉。言俗薄人情叵測，惟以渾同之道處之，庶可全身遠害也。

已忝歸曹植，何知對李膺。

上句公自比，下句切汝陽王與公之姓。

魏志：平原侯植好文學，山陽王粲與北海徐幹、廣陵陳琳、陳留阮瑀、汝南應瑒、東平劉楨，並見友善。後漢書：杜密與李膺名行相次，時人亦稱李杜焉。

衣冠迷適越，藻繪憶遊睢。

上句指寓夔州，下句言少時文采。公嘗遊宋州，故云憶遊睢。

莊子：宋人資章甫而適越，越人斷髮文身，無所用之。陳琳書：遊睢渙者，學藻績之采。陳留風俗傳：襄邑縣南，有睢水渙水，睢渙之水，出文章以奉宗廟御服焉。

山雉迎舟楫，江花報邑人。（送趙十七明府之縣）

熟事生用。

漢書：魯恭爲中牟令，童子化之，雉有雛，不忍捕。

晉書：潘岳爲河陽令，植桃李花，人號曰河陽一縣花。

杜酒偏勞勸，張梨不外求。（題張氏隱居二首）

切賓主之姓，巧於用事。

急就篇注：古者儀狄作酒醪，杜康又作秫酒。魏武帝詩「何以解憂，惟有杜康。」潘岳閒居賦：張公大谷之梨。

醉酒揚雄宅，升堂子賤琴。（夏日楊長寧宅送崔侍御常正字入京，得深字）

上句切姓，下句切官。

漢書：揚雄有宅一區，家貧嗜酒。時有好事者，載酒從遊學。宓不齊字子賤，孔子弟子。嘗宰單父，鳴琴而治。

衛幕銜恩重，潘輿送喜頻。（奉賀陽城郡王太夫人恩命加鄧國太夫人。原注：陽城郡王衛伯玉也）

首句切姓，次句對工。

漢書衛青傳：帝就拜大將軍於幕中。潘岳閒居賦：太夫人乃御板輿，升輕軒。

衞靑開幕府，楊僕將樓船。漢節梅花外，春城海水邊。（廣州段功曹到，得楊五長史書，功曹却歸，聊寄此詩）

楊爲長史，乃幕府之職。首句切官，次句切姓。三四句指楊駐軍於此也。

長沙才子遠，釣瀨客星懸。（寄岳州賈六丈司馬，巴州嚴八使君兩閣老五十韻）

二語均切姓，且無一字無出處。

漢書：賈誼以大中大夫謫長沙王太傅。西征賦：賈生洛陽之才子。後漢書：嚴光耕富春山中，後人因其釣處爲嚴陵瀨。又光武與嚴先共臥，太史奏客星犯帝座。

賈筆論孤憤，嚴詩賦幾篇。（同前題）

漢書：「賈君房下筆言語妙天下」，賈筆本此。趙注南史有三筆六詩。陸游老學菴筆記：賈筆謂賈之文，南朝詞人，謂文爲筆。仇注：賈筆句借用長沙痛哭流涕語，至嚴詩句則借嚴助事，按助傳云「作賦頌十數篇」。賦頌皆詩之流也。

遂有山陽笛，多慙鮑叔知。（過故斛斯校書莊二首）

晉書：向秀經嵇康山陽舊居，作思舊賦。史記：管仲曰：生我者父母，知我者鮑子也。

對棋陪謝傅，把劍覓徐君。（別房太尉墓）

晉書謝安傳：謝玄等破苻堅檄書至，安方對客圍棋，了無喜色。安薨，贈太傅。舊注：琯爲宰相，聽董庭蘭彈琴，以招物議。此詩以謝傅圍棋爲比，蓋爲房公解嘲也。圍棋無損於謝安，則聽琴何損於太尉乎？語出迴護，而不失大體，可謂微婉矣。說苑：吳季札聘晉，過徐，心知徐君愛其寶劍。及還，徐君已歿。遂解劍繫其冢樹而去。

今日潘懷縣，同時陸浚儀。坐開桑落酒，來把菊花枝。（九日楊奉先會白水崔明府）

唐史：太宗龍鳳之姿，天日之表。史記：秦、虎狼之國也。

官序潘生拙，才名賈傅多。（秋日寄題鄭監湖上亭三首）

鄭時謫居江陵，故以潘岳賈誼比之。

潘岳閒居賦：自弱冠達於知命之年，八徙官而一進階，再免、一除名、一不拜、職遷者三而已。雖通塞有遇，抑亦拙者之效也。史記賈誼傳：年十八以能誦書屬文，稱於郡中。河南守吳公聞其秀材，召置門下，甚愛幸。後出爲長沙王太傅。

少上聲一作小**年疑柱史，多術怪仙公。**（奉漢中王手札，報韋侍御蕭尊師亡）

仇注：柱下史（史記老子爲柱下史）得長年，侍御以少年而亡，故疑之；蕭史跨鳳昇仙，尊師學仙而亦卒，故怪之。一切官，一切姓也。

貝錦無停織，朱絲有斷絃。（寄岳州賈司馬六丈，巴州嚴八使君兩閣老五十韻）

詩：萋兮斐兮，成是貝錦。箋云：喻讒人集己過以成於罪，猶女工之集采色以成錦文。鮑照詩：直爲朱絲繩。

置驛常如此，登龍亦有焉。（同前題）

二語均切姓。

漢書：鄭當時常置驛馬長安諸郊，請謝賓客。

後漢書：李膺獨持風裁，有被延接者，名爲登龍門。

苦搖求食尾，常曝報恩鰓。（秋日荊南述懷三十韻）

求食言逆旅之艱，報恩言知己未酬。

司馬遷書：猛虎在深山，百獸震恐。及在檻穽，搖尾而求食。辛氏三秦記：魚集龍門下，登者化爲龍，不登

一二句切人，三四句時切地。

晉書潘岳傳：岳爲河陽令，轉懷令。陸雲傳：以太子舍人出補浚儀令。水經注：河東郡民劉白墮采挹河流、醞成芳酎，熟於桑落之辰，故酒得其名。庾信就蒲州使君乞酒詩：蒲城桑葉落，灞岸菊花秋。蓋桑落正菊開之時也。

池要山簡馬，月淨庾公樓。（秋日寄題鄭監湖上亭三首）

山池切湖，庾樓切亭。

晉書山簡傳：時時能騎馬，倒著白接䍦。晉書：庾亮鎭武昌，諸佐吏乘月共登南樓，俄而亮至，諸人將起避之。亮徐曰：諸君且住，老子於此，興復不淺。便據胡牀，談詠竟坐。

徐庶尙交友，劉牢出外甥。（奉送二十三舅錄事崔偉之攝郴令）

舊注：徐庶字元直，其所交者諸葛孔明、龐士元、司馬德操諸公。蜀志：徐庶與崔州平友善。晉書：桓玄曰：何無忌劉牢之之甥，酷似其舅。

永嘉多北至，勾漏且南征。（同前題）

晉書：永嘉之亂，元帝渡江，衣冠多自北至。晉葛洪求爲勾漏令，攜子姪赴羅浮山煉丹。

魯衞彌尊重，徐陳略喪亡。（戲題寄上漢中王三首）

魯衞之王兄弟俱貴，徐陳比王賓客已衰。

錢箋：開元十四年十一月，明皇幸寗憲王宅，與諸皇宴、探韻賦詩曰：魯衞情尤重，親賢尙轉多。瑀爲寗憲王之子，故用其語。按漢中王名瑀。中庸：尊其位重其祿。徐陳謂徐幹陳琳也。魏文帝與吳質書：昔年疾疫，親故多罹其災。徐陳應劉一時俱逝。

識歸龍鳳質，威定虎狼都。（行次昭陵）

者點額曝肥而退。三輔決錄：昆明池人釣魚綸絕而去，夢於漢武帝，求去其鈎。明日、帝游於池、見大魚銜索，帝取而去之。後三日，池邊得明珠一雙。帝曰：魚之報也。

寂寥相呴沫，浩蕩報恩珠。（舟出江陵南浦，奉寄鄭少尹書）

人少相呴之沫，而己亦曠於報恩之珠，見人情不足深怪，與一味責人者不同。

莊子：魚相呴以濕，相濡以沫。報恩珠即用昆明池事注見前。

詎要方士符，何假將軍佩舊作蓋。（信行遠修水洞）

汝南先賢傳：葛玄與吳大帝坐樓上，見作請雨土人，曰：「雨易取耳」。即書符著社廟中。須臾、大雨淹注，平地水尺餘。東觀漢紀：李貳師將軍拔佩刀刺山而泉飛出。

欲得淮王術，風吹暈已生。（翫月呈漢中王）

二句係倒文，言風吹暈生，正可驗淮王畫灰之術也。

淮南子：畫蘆灰而月暈闕。許慎注：有軍士相圍守，則月暈；以蘆灰環月，闕其一面，則月暈亦闕於上。廣韻：暈，日月旁氣，月暈則多風。

王舄聊暫出，蕭雉只相馴。（奉贈蕭二十使君）

仇注：蕭蓋先爲郎官，後出爲縣令，在嚴幕復爲郎官。

後漢書王喬傳：喬有神術，爲葉令，每月朔望常自縣詣臺朝。帝怪其來數而不見車騎，密令太史伺望之。言其臨至輒有雙舄。舉羅張之，得一隻舄焉。錢箋：蕭廣濟孝子傳：蕭芝至孝，除尚書郎，有雉數十頭飲啄宿止，當上直送至岐路，下直入門，飛鳴車側。

星折臺衡地，曾爲人所憐。公侯終必復，經術竟相傳。食德見從事，克家何妙年。

（奉送蘇州李二十五長史丈之任）

無一字無出處。

晉書張華傳：華爲司空，少子韙以中臺星折，勸華遜位，華不從，未幾被害。漢成帝歌謠：昔爲人所羨，今爲人所憐。左傳：公侯之子，必復其始。漢書：韋賢號稱鄒魯大儒，少子玄成復以明經歷位至宰相。易訟六三：食舊德、貞厲終吉，或從王事。蒙九二：子克家。曹植表：終軍以妙年使越。

霖雨思賢佐。（上韋左相二十韻）

書：若歲大旱，用汝作霖雨。唐書：天寶十三載、秋大霖雨害稼。六旬不止。帝恐宰相非其人，爲罷陳希烈，相韋見素。

西南喜得朋。（寄峽州劉伯華使君四十韻）

易：西南得朋。夔在中州之西南。

裂餅常所愛。（信行遠修水筒）

後周書王羆傳：乃裂薄餅。

孤峰石戴驛。（送從弟亞赴河西判官）

爾雅：「石戴土謂之崔嵬，土戴石謂之砠。」石戴驛謂驛路在山之上。殆卽送別之處。

汝貴玉爲琛。（風疾舟中伏枕，書懷三十韻，奉呈湖南親友）

晉書：太守馬岌造宋纖，不得見。銘於壁曰：其人如玉，爲國之琛。

初調見馬鞭。（從人覓小胡孫，許寄）

維摩經：難化之人，譬如象馬，憹悷不調。加諸苦毒，乃可調。伏釋曰：馬有五種：第一、見鞭影卽調伏，第二得鞭乃伏。

未必不爲福。（戲贈友二首）

淮南子：塞上翁馬亡入胡，人皆弔之。曰：何知非福。居數月，其馬引胡駿馬而歸。人皆賀之。曰何知非禍。及家富馬良，其子好騎，墮而傷髀。人又弔之。曰何知非福。居一年，胡人大入，丁壯戰死者十九。其子獨以跛故，父子得相保。

若倚仲宣襟。（風疾舟中伏枕，書懷三十六韻，奉呈湖南親友）

王粲登樓賦：「憑軒檻以遙望兮，向北風而開襟。」公病肺熱，故用其語。

顏氏之子才孤標。（醉歌行，贈公安顏少府請顧八分題壁）

易繫辭傳：顏氏之子其庶幾乎。用經語不覺。

風飄律呂相和切，月傍關山幾處明。胡騎中宵堪北走，武陵一曲想南征。（吹笛）

詠物寫意，用巧而不覺。三四兩句，並關合自家厭亂離鄉之意。

笛賦：律呂既和，哀聲互降。切謂其音悽切。樂府橫吹笛：有關山月、題解云、傷離別也。世說：劉越石爲胡騎圍數重，乘月登樓清嘯，賊聞之，悽然長歎。中夜奏胡笳，賊皆流涕，人有懷土之思。向曉，又吹之，賊並棄圍奔走。周弘讓長笛吐清氣詩：胡騎爭北歸，偏知別鄉苦。古今注：武溪深乃馬援南征之所作也。援門生爰寄生，善吹笛，援作歌以和，名曰武溪深。

天寒白鶴歸華表，日落青龍見水中。顧我老非題柱客，知君才是濟川功。（陪李七司馬皂江上觀造竹橋，即日成。往來之人，免冬寒入水。聊題短作，簡李公）

異苑：晋太康二年冬、大雪。南洲人見二白鶴語於橋下曰：今茲寒不減堯崩年。搜神後記：丁令威本遼東人，後化鶴集城門華表柱，徘徊空中而言曰：去家千年今始歸，城郭如故人民非。此華表乃言橋柱。

華陽國志：蜀城北八十里，有昇仙橋、送客觀。司馬相如初入長安，題其柱曰，大丈夫不乘赤車駟馬，不過汝下。說命：若濟巨川，用汝作舟楫。

謝安舟楫風還起，梁苑池臺雪欲飛。（戲作寄上漢中王二首）

首句言王在蓬州，次句言京中舊第。

晉書謝安傳：安嘗與孫綽等泛海，風起浪湧，諸人並懼。安吟嘯自若，漢書：梁孝王築東苑，自宮屬於平臺三十里。謝惠連雪賦：梁王不悅，遊於兔園。俄而微霰零，密雪下。

陳留阮瑀誰爭長，京兆田郎早見招。（贈田九判官梁邱）

用事典切。仇注：田在哥舒翰幕，阮瑀指高適。

魏志：陳留阮瑀字元瑜，太祖辟爲軍謀祭酒，管記室。三輔決錄：田鳳爲郎，容儀端木，入奏事，靈帝目送之。因題柱曰：堂堂乎張，京兆田郎。

只同燕石能星隕，自得隋珠覺夜明。（酬郭十五判官）

燕石喻己之詩，隋珠喻郭之詩。

韓非子：宋之愚人。得燕石於梧臺之側，藏之以爲大寶。周客聞而觀焉。掩口笑曰，此燕石也，與瓦甓等。左傳：隕石於宋五，隕星也。搜神記：隋侯出行，見大蛇被傷中斷。使人以藥封之。歲餘、蛇明珠以報。珠盈徑寸，夜有光明，可以照室。

燈前往往大魚出，聽曲低昂如有求。（陪王侍御同登東山最高頂，宴姚通泉，晚携酒泛江）

荀子：昔者瓠巴鼓瑟，而游魚出聽。蔡邕彈琴賦：感激弦歌，一低一昂。史記：如有求而弗得。

自識將軍禮數寬。（嚴公仲夏枉駕草堂，兼攜酒饌，得寒字）

廉頗傳：不知將軍寬之至此也。

古來材大難爲用。（古柏行）

論衡效力篇：才大道重，上不能用。

咫尺應須論萬里。（戲題王宰畫山水圖歌）

世說：袁彥伯曰江山遼遠，居然有萬里之勢。

不廢江河萬古流。（戲爲六絕句）

用史記：日月以明，江河以流。

腸斷秦川流濁涇。（即事）

三秦紀：隴山俗歌云：「隴頭流水，鳴聲嗚咽。遙望秦川肝腸斷絕。公用其語。

鳳凰麒麟安在哉。（又觀打魚）

朱注：即家語覆巢破卵，則鳳凰不翔；刳胎刳孕，則麒麟不至意。

樹攪離思花冥冥。（醉歌行）

陳子高詩花片攪春心。潘岳詩何以敘離思。楚辭：「深林杳以冥冥。」注：冥冥草木茂盛也。

三、代　敘

明白山濤鑒，嫌疑陸賈裝。（送魏司直充嶺南掌選崔郎中判官兼寄韋韶州）

山濤鑒，頌崔也；陸賈裝，規魏也。

晉書：山濤典選十餘年，甄拔人物各爲題目，時稱山公啓事。漢書：高祖使陸賈賜尉佗印，爲南越王。佗賜賈槖中裝直千金，他送亦千金。

楚筵辭醴日，梁獄上書辰。（寄李十二白二十韻）

辭醴謂不受僞官，上書謂力辯己冤。

漢書：楚元王敬禮穆生，常爲設醴。及王戊即位，忘設醴。穆生退曰：可以逝矣。遂謝病去。漢鄒陽見怒於梁王，下獄。遂從獄中上書。

賢非夢傅野，隱類鑿顏坏。（秋日荊南述懷三十韻）

公知世不見用，故非傅說而類顏坏。

古史：高宗夢得說於傅巖之野。淮南子：魯君欲相顏闔，使人以幣先焉。鑿坏而遁之。坏屋後牆也。

文園多病後，中散舊交疏。（贈李八秘書別三十韻）

多病交疏，指棄官以後。二句括盡多少坎壈炎涼，詞簡意厚。司馬相如爲文園令。嵇康爲中散大夫，作絕交書。

卜羨君平杖，偷存子敬氊。（秋日夔府詠懷，奉寄鄭監審賓客之芳一百韻）

卜杖存氈，言生計艱難。

嚴君平卜筮於成都，得百錢足自養，則閉肆下簾，而授老子。阮宣子常步，以百錢掛杖頭，至酒店便得酣暢。世說：王獻之夜臥齋中，有盜入室。獻之語曰：青氈我家舊物，可特置之。

牽裾恨不死，漏網辱殊恩。（建都十二韻）

牽裾爲救房琯，漏網謂謫司功。

魏志：辛毗諫文帝，不答，起入內。毗隨而引其裾。公疏救房琯，詔三司推問，賴張鎬救護免。

汲黯匡君切，廉頗出將頻。（奉和嚴中丞西城晚眺十韻）

嚴武昔爲諫官：今再爲節度。直諫故能匡君：雄略故堪出將。

漢書：汲黯字長孺，武帝召爲大中大夫，數切諫。

史記：廉頗者趙之良將也。伐齊大破之：取晋陽，拜爲上卿，以勇氣聞於諸侯。

竟無宣室召，虛有茂陵求。（過斛斯校書莊二首）

宣室召生前不遇，茂陵求歿後授官。

漢書：賈誼自長沙徵見，文帝方受釐宣室，問以鬼神之本。司馬相如傳：家居茂陵，病甚，武帝使往求其書，至則相如已死，問其妻，得遺札書，言封禪事。

共傳收庾信，不比得陳琳。（奉贈王中允維）

維初繫獄洛陽，而肅宗復用。與庾信之奔竄江陵，元宗收用者相似。維作凝碧詩，能不忘故主。與陳琳之爲紹草檄，後事魏武者不同，二句辯陷賊之事。

梁書：侯景之亂，簡文帝使庾信營於朱雀航。景至，信以衆奔江陵，元帝承制，除信御史中丞。魏志：陳琳避難冀州，袁紹使典文章。袁氏敗，歸太祖。太祖曰：卿昔爲本初移書，但可罪狀孤而已，何乃上及父祖耶？琳謝罪，太祖愛其才，不之責。

枚乘文章老，河間禮樂存。（奉漢中王手札）

枚乘自擬，河間比王。

趙曰：梁孝王時，枚乘在諸文士之間，年最高。漢書：景帝子河間獻王，德學舉六藝，被服儒術。武帝時來朝，獻禮樂，在三雍宮。

孔明多故事，安石竟崇班。（承聞故房相靈櫬自閬州啓殯，歸葬東都有作）

黃生注：孔明安石皆身歷兩朝，比房相獨切。

蜀志：陳壽與荀勗等，定故蜀丞相諸葛亮故事二十四篇以進。謝安傳：安薨時年六十六。帝三日臨於朝堂，，贈東園秘器，朝服，贈太傅，謚文靖。及塟加殊禮，依大司馬桓溫故事。

范雲堪結友，嵇康自不孤。（別張十三建封）

既欲託身，又欲託子。非眞重其人，必不作此語。

梁書：范雲好節尚奇，專趣人之急。少時與領書長史王畡善，畡亡於官舍，貧無居宅，雲乃迎喪還家，躬營唅殯。南史：何遜弱冠，舉秀才。范雲見其對策，大相稱賞。結爲忘年友。晉書：嵇康與山濤結神交。康臨誅，謂其子紹曰：巨源在，汝不孤矣。

張老存家事，嵇康有故人。（奉贈蕭十二使君）

朱注：晉語：趙文子冠，見張老而語之。左傳：楚子問趙孟曰：范武子之德何如？對曰：夫子之家事治。言蕭使君能存嚴公之後也。故人指山濤，注見前。

入幕知孫楚，披襟得鄭僑。（奉贈盧五丈參謀琚）

公自注：時丈人使自江陵，在長沙待恩旨。

孫楚切參謀，鄭僑聘鄭，比使長沙。

晉書：孫楚爲石苞參軍，楚負其才氣，頗侮易苞。初至，長揖曰：天子命我參卿軍事。左傳：季札聘鄭，見子產，如舊相識。

勞生愧嚴鄭，外物慕張邴。（漢陂西南臺）

莊子：大塊勞我以生。漢書：谷口有鄭子眞，蜀有嚴君平，皆脩身自保。嵇康幽憤詩：仰慕嚴鄭，樂道閒居。謝靈運詩：「偶與張邴合。」注：張謂張良，邴謂邴漢及曼容也。漢書：邴漢以清行徵用，兄子曼容，亦養志自脩。

古人稱逝矣，吾道卜終焉。（寄岳州賈司馬六丈，嚴八使君兩閣老五十韻）

稱逝當見機而作，卜終言無意用世。

漢書：楚元王敬禮穆生，常爲設醴。及王戊即位，忘設醴。穆生退曰：「可以逝矣」。遂謝病。晉書王羲之傳：初渡浙江，便有終焉之志。

貢喜音容間，馮招疾病纏。（哭韋大夫之晉）

貢喜、喜韋登進；馮招、韋方招用。

絕交書：王陽登位，貢公喜。左思詩：馮公豈不偉，白首不見招。

隱吏逢梅福，遊山憶謝公。（送裴二虬尉永嘉）

隱吏切縣尉，遊山切永嘉。

漢書：梅福九江人，補南昌尉。王莽專政，一朝棄妻子去，隱於會稽，至今傳以爲仙。宋書：謝靈運出爲永嘉太守，郡有名山水，肆意遨遊。

徑欲依劉表，還疑厭禰衡。（奉送郭中丞兼太僕卿充隴右節度使三十韻）

公以王粲禰衡自況。

魏志：王粲字仲宣，以西京擾亂，乃之荆州，依劉表。後漢書：禰衡氣剛傲，好矯時慢物。曹操懷忿，送劉表。表不能容，以江夏太守黃祖性卞急，送與之，爲所殺。

使者求顏闔，諸公厭禰衡。（敬贈鄭諫議十韻）

言主上憐才，而執政見忌也。

莊子：魯君聞顏闔得道之士也，使人以幣先焉。闔對曰：恐誤聽而遺使者罪。不若審之。使者反求之，則不得已。

皆爲百里宰，正似六安丞。（寄峽州劉伯華使君四十韻）

朱注：言我亦曾爲郎官，應皆出宰百里。今飄零見棄，卻似六安丞之貶斥耳。公昔以左拾遺出爲華州司功，故以桓譚自比。

漢書：桓譚諫用讖。帝大怒，出爲六安丞。意忽忽不樂，道病卒。

不得同晁錯，吁嗟後郄詵。（奉贈鮮于京兆二十韻）

言知遇不如古人。

晁錯傳：文帝詔舉賢良文學，對策者百餘人，惟錯爲高第。晉書：泰始中、舉賢良直言之士，郄詵以對策上第，拜議郎。

茫然阮籍途，更灑楊朱泣。（早發射洪縣南途中作）

阮籍窮途之哭，楊朱歧路之悲，乃言年老困窮。

晉書阮籍傳：時率意獨駕，不由徑路。車迹所窮，輒慟哭而返。淮南子：楊朱見歧路而泣之，謂其可以南，可以北。

須爲下殿走，不可好樓居。（收京三首）

下殿謂宮闕忽離，不可樓居，見奉仙無益。

梁武帝紀：諺云：熒惑入南斗，天子下殿走。乃跣足下殿以禳之。漢武帝紀：公孫卿曰：仙人好樓居。於是令長安作飛廉桂閣，甘泉作益壽延壽觀。

匡衡抗疏功名薄，劉向傳經心事違。（秋興八首）

仇注：匡衡抗疏，劉向傳經，上四字一讀。功名薄，心事違，屬公自慨。公嘗論救房琯忤旨，幾被戮辱，此功名不若衡也。公嘗待制集賢院試，後送隸有司，此傳經不如向也。

匡衡傳：元帝初即位，有日食地震之變。上問以政治得失。衡數上疏，陳便宜。上悅其言，遷衡爲光祿大夫，太子少傅。解嘲：獨可抗疏，時道是非。前漢劉向傳：成帝即位，詔向領校中五經秘書。河平中子歆受詔與父領校秘書。哀帝時，歆復領五經，卒父前業。

郭欽上書見大計，劉毅答詔驚羣臣。（暮秋枉裴道州手札，率爾遣興，寄遞近呈蘇渙侍御）

郭欽上書，爲吐蕃寇邊而發；劉毅答詔，爲代宗好貨而發。

晉書：侍御史郭欽上疏曰：戎狄強獷，歷世爲患，宜及平吳之威，漸徙內郡雜虜於邊地，峻四夷出入之防，明先王荒服之制。又武帝嘗問劉毅曰：朕可方漢何主。對曰：桓靈。帝曰：何至於此。對曰：桓靈官錢入官庫，陛下官錢幾入私門。以此言之，殆不如也。帝大笑曰：桓靈之世，不聞此言。

謝安不倦登臨賞一作費**，阮籍焉知禮法疏。**（奉酬嚴公寄題野亭之作）

上句指嚴，下句公自謙。

晉書謝安傳：安於東山營墅樓館，林竹甚盛。子姪往來遊集，肴膳亦屢費百金。阮籍傳：籍性疏懶，禮法之士，疾之如讎。

今日朝廷須汲黯，中原將帥憶廉頗。（奉寄高常侍）

上句指常侍之職，下句言其才兼文武。

漢書汲黯傳：黯好直諫，守節死義。史記廉頗傳：趙王思復得廉頗，使使者視廉頗。

但見文翁能化俗，焉知李廣不封侯。（將赴荆南寄別李劍州）

能化俗，引太守事；不封侯，指同姓。

漢循吏傳：文翁爲蜀郡守，修起學宮，吏民大化，蜀地學於京師者，比齊魯焉。史記李廣傳：廣從弟蔡封安樂侯。廣不得爵邑，官不過九卿。言李之才不當以刺史老也。

籬邊老却陶潛菊，江上徒逢袁紹杯。（秋盡）

陶潛菊指草堂之花；袁紹杯杜公自況。

楊愼曰：鄭玄傳：袁紹總兵冀州，遣使邀玄大會賓客，玄最後至。乃延升上座。飲酒一斛，容儀溫偉。公以玄自況，爲儒而遭世難也。

四、翻　用

兒童解蠻語，不必作參軍。（秋野五首）

世說：郝隆爲蠻府參軍，上巳日作詩曰：娵隅躍清池。桓溫問何物。答曰：蠻名魚爲「娵隅。」溫曰：何爲作蠻語。隆曰：千里投公，始得蠻府參軍，那得不蠻語也。公翻用其語。

隨波無限月，的的近南溟。（宿白沙驛）

杜臆：莊子：「南溟者，天池也。」一本屬寓言。此將虛語作實用。妙在的的二字，此用古之一法。

池僻無網罟，水清反多魚。（五盤）

揚雄答客難：水至清則無魚。公翻用其語。

老去才難盡。（寄彭州高三十五使君適，虢州岑二十七長史參三十韻）

南史：江淹晚節才思微退，時人謂之才盡。公翻用其語。

南枝覺有安危鳥。（洗兵馬）

魏武帝詩：月明星稀，烏鵲南飛，繞樹三匝，無枝可歸。公翻用其語。

不識山陰道，聽雞更憶君。（舟中夜雪有懷盧十四侍御弟）

黃生注：上句用王徽之訪戴事，下句取鄭風雞鳴風雨意而皆反之。用事忌熟。惟翻案，則無不可用之事矣。

不是尚書期不顧，山陰野一作夜雪興難乘。（多病執熱，奉懷李尚書之芳）

欲赴期約，而無雪可乘，總緣畏熱所阻耳。

漢書：陳遵字公孟，每飲賓客，輒閉門，取客車轄投井中。時北部刺史奏事過遵，值其方飲，刺史大窮，候陳遵醉時，突入見其母。叩頭自白，當對尚書有期會狀。母乃令從後閤出去。應璩書：仲孺不辭之服，孟公不顧尚書之期。世說：王徽之嘗居山陰，夜雪初霽，月色清朗。忽憶戴逵，時在剡。便夜乘小船，詣之，不前而返。曰乘興而行，興盡而返。何必見安道。

故園楊柳今搖落，何得愁中卻盡生。

趙大綱曰：笛曲有折楊柳，故翻其意作結。謂故園楊柳至秋搖落，今何得復生而可折乎？蓋設爲怪歎之詞，以深致思鄉之感。

羞將短髮還吹帽，笑倩勞人爲正冠。（九日藍田崔氏莊）

楊萬里曰：頷聯將一事翻騰作二句。嘉以落帽爲風流，此以不落爲風流。最得翻案妙法。

朱瀚曰：公曾授率府參軍，用孟嘉事恰好。

晉書：孟嘉爲桓溫參軍，九日溫遊龍山寺，風至吹嘉帽落，溫命孫盛爲文嘲之。

濁河終不污清濟。（寄狄明府博濟）

謝朓始出尚書省詩：紛虹亂朝日，濁河穢清濟。公翻用其語。

中華語文叢書

杜詩句法舉隅

作　　者／朱任生 著
主　　編／劉郁君
美術編輯／鍾　玟

出 版 者／中華書局
發 行 人／張敏君
副總經理／陳又齊
行銷經理／王新君
地　　址／11494 台北市內湖區舊宗路二段181巷8號5樓
客服專線／02-8797-8396　　傳　　真／02-8797-8909
網　　址／www.chunghwabook.com.tw
匯款帳號／華南商業銀行　西湖分行
179-10-002693-1　中華書局股份有限公司

法律顧問／安侯法律事務所
製版印刷／維中科技有限公司　海瑞印刷品有限公司
出版日期／2018年7月再版
版本備註／據1973年7月初版復刻重製
定　　價／NTD 500

國家圖書館出版品預行編目（CIP）資料

杜詩句法舉隅 / 朱任生著.-- 再版.-- 臺北市:
中華書局, 2018.07
面；　公分. -- (中華語文叢書)
ISBN 978-957-8595-50-7(平裝)

1.(唐)杜甫 2.唐詩 3.詩評

851.4415　　107008011

NO.H2050
ISBN 978-957-8595-50-7（平裝）

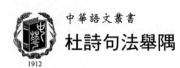